새로운 독서를 위한 낭독 에디션 01

낭독

어린 왕자

앙투안 드 생텍쥐페리 지음
서혜정낭독연구소 편저

KB191614

낭독 에디션 시리즈 소개

낭독 에디션 시리즈는 문장을 끊어 읽기 단위로 배열하여, 누구나 자연스럽게 낭독할 수 있도록 구성했습니다. 낭독은 물론, 편안하게 읽을 수 있는 본문 구성으로 독서의 즐거움까지 더했습니다.

독자의 읽기 편의성을 높이기 위해 새롭게 구성된 낭독 에디션 시리즈는, 누구나 쉽고 즐겁게 낭독과 독서를 시작할 수 있도록 도와줍니다.

본인만의 속도와 스타일로 자유롭게 읽으며 책과 더욱 깊이 소통하는 즐거움을 만끽할 수 있을 것입니다.

- 낭독 에디션 시리즈의 모든 작품은 오디오북으로 출간됩니다.
- 구글플레이와 앱스토어에서 **오디오펍 앱**을 다운로드하세요.
- 오디오북 샘플은 **오디오펍 유튜브 채널**에서 확인할 수 있습니다.

C·O·N·T·E·N·T·S

낭독

단순히 소리 내어 읽는 것
그 이상의 가치

서혜정의 낭독,
영혼의 울림을 찾는 여정

눈을 마음의 창이라 하듯 목소리는 영혼의 울림입니다. 낭독의 뜻을 찾아보면 간단히 '글을 소리 내어 읽음'이라고 되어 있습니다. 그러나 낭독은 단순히 글을 소리 내어 읽는 것을 넘어 글의 내용이 우리 내면 깊숙이 스며들어 영혼을 울리는 특별한 경험입니다.

아프리카 인디언의 한 부족은 할머니가 손주에게 인생의 주옥같은 메시지를 남길 때, 서로 등을 맞대고 말한다고 합니다. 할머니의 이야기가 손주의 뼛속에 새겨진다는 의미가 있다네요.

낭독을 할 때 텍스트의 내용은 우리의 몸과 마음에 깊이 새겨지고 뼛속까지 스며들어 체화됩니다. 단순히 목소리를 내어 책을 읽는 것이 아니라, 얼굴, 표정, 호흡, 몸짓 하나하나를 통해 몰입하며 글을 생생하게 표현하고, 자신만의 독

특한 스타일을 만들어가는 창조적인 과정입니다. 글이 입체화되어 호흡을 통해 생명을 갖게 되는 것이지요. 그런 과정에서 책 속에 담긴 작가의 엄선된 단어와 수려한 문장이 자신도 모르는 사이 체화됩니다.

지금 바로 책을 펼치고, 낭독의 세계로 떠나보세요.

아름다운 목소리는 아름다운 세상을 만듭니다.

최덕희의 낭독,
나의 목소리,
그 목소리의 위대한 사용 설명서

낭독에 대해 서술하는 수많은 책을 읽어 보면 공통으로 자신의 목소리를 발견하고 그 안에서 스스로와 소통하라는 말을 전하고 있습니다. 탄생과 함께 가장 먼저 힘찬 울음소리로 내 목소리를 내고 듣기 시작한 나. 성장과 함께 말을 하며 내 의사를 전달하는 그 모든 과정 안에서 나는 내 목소리에 관심을 두지 않았습니다. 이제 내 목소리의 익숙함을 새로움으로 발견해 봅니다.

낭독은 내 목소리의 위대한 사용 설명서입니다.
소리 내어 책을 낭독하면서 나의 목소리는 문학과 사상을 공유하며 깊은 정서적 교감을 끌어내기도 하고 종이 위에 활자로 갇혀 있는 문장 하나하나를 살아 움직이게 할 수 있습니다. 시각에 불편함을 가진 분들에게 눈이 되어 주기도 하고 무릎에 앉은 내 아이에게 우리말의 그 빛나는 가치를 사랑과 함께 깨우치게도 합니다. 낭독이라는 사용 설명서

를 잘 숙지하고 활용하는 사람이 누리는 황홀한 기쁨들입
니다.

낭독의 의미는 내 목소리를 발견한 사람들에게 마음껏 목
소리를 즐길 방법을 알려주는 위대한 사용 설명서입니다.

윤선희의 낭독,
마음을 정화하고 좋은 글을 새기는
시간

낭독은 복잡한 마음을 정화하고 좋은 글을 가슴에 새기는 특별한 시간입니다. 흐릿한 유리창을 닦듯, 낭독은 마음을 투명하게 만들고 집중력을 높여줍니다.

처음에는 어색할 수 있지만, 꾸준히 낭독하다 보면 목소리가 부드러워지고 글의 의미에 더욱 깊이 빠져들 수 있습니다. 마치 과일의 껍질을 벗겨내듯, 글의 핵심을 명확하게 이해하고 오래 기억할 수 있게 됩니다.

책에 밑줄을 긋듯, 마음에 새기는 낭독은 성장의 또 다른 방법입니다.

이용순의 낭독,
단순한 읽기가 아닌
글을 '마음'에 담아내는 일

낭독은 글을 쓴 작가나 소설 속의 인물들과 마음 깊이 소통하는 특별한 경험입니다. 작가가 글에 담은 '말'을 본래의 형태로 생생하게 되살려내는 작업이며, 그 과정에서 글을 감각적으로 받아들이고 공감하면 교감이 이루어집니다.

낭독은 단순한 읽기 행위를 넘어 자신을 알아가는 과정이며 그것을 통해 치유에까지 이를 수 있습니다. 나아가 타인과 함께 낭독할 때면 작가뿐 아니라 듣는 이와 낭독자 모두 소통하는 기쁨을 선사합니다.

낭독은 그저 좋은 목소리로 읽는 것을 넘어 작가가 글에 담은 말을 '마음'에 담아 본질을 이해하고, 그것을 자신의 목소리로 표현하는 창조적인 과정입니다.

정낭의 낭독,
숨겨진 보물을 찾다

어릴 적 학교에서 소리 내어 책 읽는 시간은 두려움이었습니다. 갑자기 쏟아지는 거센 소나기처럼 친구들의 시선이 내게로 꽂히는 기분이었죠. 남의 시선을 즐기듯 빠르고 정확하게 읽는 친구들을 보면 감탄사가 절로 나왔습니다. 나의 낭독은 긴장감이 더해져 점점 더 주눅이 들 수밖에 없었죠.

읽는 일을 직업으로 삼은 후 알게 되었습니다. 빠르고 유창한 낭독보다 대단한 낭독도 있다는 것을요. 목소리의 두께, 높낮이, 미소, 쉼은 빠르게 읽는 일보다 좋은 낭독을 만들어냈습니다. 어떻게 읽느냐에 따라 남의 심금을 울리게도 하고 웃음을 웃게도 하더군요. 오래 마음을 덥히는 화로 같은 여운을 남길 수도 있었습니다.

미처 몰랐습니다. 낭독의 온기를. 알고 보니 낭독은 공감이더군요.

독자에게

직업적인 습관 때문인지, 묵독을 할 때도 저는 속으로 낭독을 합니다. 그럴 때마다 왜 단어가 끊어지며 행을 나누는지 궁금했습니다. 붙여서 읽으면 의미 파악이 더 쉽고 편할 텐데요. 또, 문맥에 맞게 줄 바꿈이 되어 있다면, 끊어 읽기가 자연스럽게 되어 어려운 책도 더 수월하게 읽을 수 있을 것입니다. 책 제작의 편의성일 수도 있겠지만, 참 아쉬운 부분입니다.

이러한 생각을 바탕으로 낭독용 『어린 왕자』를 만들게 되었습니다. 낭독 인구가 증가하면서 초보 낭독자들을 위한 책의 필요성을 느꼈기 때문입니다. 단순히 낭독 이론을 설명하는 책이 아니라, 직접 책을 읽으며 낭독을 체험할 수 있는 책을 만들고 싶었습니다. 물론 낭독의 기본적인 원리를 이해하는 것도 도움이 되지만, 낭독은 이론보다는 실제 체험을 통해 더 잘 익힐 수 있습니다.

낭독은 호흡과 울림, 그리고 성대음을 사용하여 자신만의 목소리를 찾아가는 과정입니다. 책을 낭독하다 보면, 단어가 끊어져 있거나 줄 바꿈이 자연스럽지 않더라도 스스로 문맥을 파악하고 읽어나갈 수 있습니다. 이것이 바로 낭독의 힘입니다.

눈을 마음의 창이라 하듯, 목소리는 영혼의 울림입니다. 좋아하는 책을 소리 내어 읽다 보면 자연스럽게 목소리가 좋아지고, 작가의 엄선된 단어와 수려한 문장이 내 호흡을 통해 입 밖으로 나와, 다시 내 귀로 들어가서 몸속에 체화되어 나의 언어가 됩니다. 이것이 바로 낭독의 매력입니다.

편집 과정에서 문장이 길거나 복잡한 부분은 끊어 읽기를 위해 줄을 바꾸었습니다. 이 책을 통해 꾸준히 낭독하다 보면 끊어 읽는 능력을 자연스럽게 익힐 수 있습니다. 끊어 읽기 능력 향상은 문해력 증진으로 이어져, 특히 어린이들이 글을 이해하고 문제를 해결하는 데 큰 도움이 됩니다. 낭독은 집중력을 높이고, 정확한 끊어 읽기와 억양을 익히게 하여 문해력을 향상하는 효과적인 방법입니다. 또한, 낭독을 통해 만들어진 자신감 있는 목소리로 발표력이 좋아집니다. 그래서 이 책은 어린이들이 처음으로 『어린 왕자』를 접할 때도 좋은 시작점이 될 것입니다.

최근 고독사 문제가 심각해지면서 낭독의 중요성이 더욱

커지고 있습니다. 많은 사람이 혼술과 혼밥으로 외로움을 달래기도 하지만, 낭독은 혼자서 즐기는 지적이고 건강한 놀이입니다. 혼자 지내는 시간이 반복되면서 말할 기회가 줄어들어 언어 능력이 저하되면 우울감이 생길 수도 있습니다. 낭독은 텍스트 내용으로 내가 말하고 내가 들으며 마치 친구와 대화하듯 나와 내가 만나는 시간입니다. 또 낭독은 뇌 활동이 활발해져 인지 능력 또한 묵독보다 20% 더 높다고 합니다.

다른 나라 말들처럼 우리말에도 다양한 억양이 존재합니다. 모든 억양을 일일이 책에 표기하면 억양에 대한 고정관념이 생길 수 있고, 자신만의 개성 있는 낭독을 방해할 수도 있습니다. 그래서 오디오북을 함께 제작했습니다. 사람마다 언어 스타일이 다르기 때문에, 오디오북은 참고로만 들어보시기 바랍니다.

텍스트는 악보와 같습니다. 글자가 음표라면, 쉼표, 마침표, 말줄임표 등의 부호는 쉼표와 같은 역할을 합니다. 마침표에서 잠시 숨을 고르고, 쉼표에서 짧게 끊어 읽으며, 말줄임표에서는 여운을 남깁니다.

낭독을 꾸준히 하면 정확한 발음과 좋은 발성이 자연스럽게 만들어져 좋은 목소리를 가질 수 있습니다. 스마트폰 녹음 기능을 활용해 내 목소리를 직접 녹음하고 들어보며 나만의 목소리 찾기 놀이를 해 보세요. 그렇게 즐기다 보면 어느새 북내레이터나 다양한 오디오 콘텐츠에서 활약하는 주인공이 되어 있을 수 있습니다. 아름다운 목소리는 나 자신뿐만 아니라 주변 사람들에게도 긍정적인 영향을 주며 더욱 아름다운 세상을 만들어 갈 것입니다.

– 서혜정

어린 왕자

레옹 베르트에게

이 책을 어른에게 바치는 것에 대해
어린이들에게 용서를 구한다.
내게는 그럴 만한 이유가 있다.
그 어른은 세상에서 나와 가장 친한 친구이며,
어린이들을 위한 책까지도
이해할 줄 알기 때문이다.
그리고 지금 프랑스에 살고 있는데,
그곳에서 굶주리며 추위에 떨고 있어
위로가 필요하다는 것이다.
이 모든 이유로도 부족하다면,
예전에 아이였던 그에게 이 책을 바치고 싶다.
어른도 처음엔 다 어린아이였지만,
그걸 기억하는 어른은 많지 않다.
그래서 나는 헌사를 이렇게 고쳐 쓰려고 한다.

어린 시절의 레옹 베르트에게

내가 여섯 살 때

원시림에 관한 책에서

아주 인상적인 그림을 본 적이 있습니다.

보아뱀이 코끼리를 통째로 삼키는 그림이었죠.

그 책의 제목은 『자연의 실화』였습니다.

책에는

"보아뱀은 먹이를 씹지도 않고 통째로 삼킨 다음

6개월 동안 잠을 자며 소화한다."

라고 쓰여 있었습니다.

그 그림은

내 마음속에 깊은 인상을 남겼고

정글에서의 모험을 꿈꾸기 시작했습니다.

마치 그림 속 보아뱀처럼 세상을 탐험하고 싶었죠.

그래서 색연필을 들고

내 첫 번째 그림을 완성했습니다.

어른들에게 그 그림을 보여주며

"이거 무섭지 않아요?"

라고 물었습니다.

하지만 그들은 이렇게 대답했습니다.

"무섭다니? 이건 모자잖아!"

그런데

그 그림은 모자가 아니었습니다.

코끼리를 삼킨 보아뱀이었죠.

어른들이 내 상상력을 이해하지 못해 실망한 나는

다시 그림을 그렸습니다.

이번에는 보아뱀의 속을 그려서,

그들이 안에 뭐가 들어 있는지

알 수 있도록 했습니다.

왜냐하면

어른들에게는 항상 설명이 필요하니까요.

그래서 두 번째 그림을 완성했습니다.

하지만 어른들의 반응은 똑같았습니다.

그들은 내게

"보아뱀 그림은 그만 그리고 차라리

지리나 역사, 산수 같은 걸 공부해라."

라고 말했습니다.

그래서 나는 여섯 살 때

화가가 되려던 꿈을 포기했습니다.

두 번이나 실패하고 나니

더는 그림을 그릴 용기가 생기지 않았습니다.

어른들은 정말 아무것도 이해하지 못하죠.

그들은 항상 현실적인 것만을 요구했고

내 상상력은 늘 무시당했거든요.

결국 나는

비행기 조종사라는 다른 길을 선택했습니다.

비행사는 전 세계를 여행하는 직업이었고

지리 공부가 많은 도움이 된 것은 사실입니다.

중국과 애리조나를 한눈에 구분할 수 있었고

길을 잃었을 때도 큰 도움이 되었으니까요.

하지만 여전히 내 마음속에는

어린 시절의 그 그림이 남아 있었습니다.

나는 살아가면서

사려 깊은 사람들을 많이 만났습니다.

어른들과 어울리며

그들을 가까이에서 깊이 관찰했죠.

그렇지만 어른들에 대한 내 생각이
크게 달라지지는 않았습니다.
어른들은 항상 현실에 안주하고
새로운 걸 받아들이는 것이 두려워 보였습니다.
어른들을 만날 때마다 나는
내 첫 번째 그림을 보여주며 시험해 봤습니다.
그들이 정말로
내 그림을 이해할 수 있을지 궁금했죠.
하지만 그들의 대답은 항상 같았습니다.
"그건 모자잖아."
그럴 때마다 나는
보아뱀이나 정글, 별에 대해
더는 이야기하지 않기로 했습니다.
대신 그들의 눈높이에 맞춰
카드 게임, 골프, 정치, 넥타이에 관해 이야기했죠.
그러면 어른들은
내가 아주 현명한 사람이라고 생각하며
만족해했습니다.

2

그래서 나는
마음을 터놓고 이야기할 수 있는 사람 없이
혼자 살아왔습니다.
그러다 6년 전,
사하라 사막에서 비행기 사고를 겪게 되었습니다.
비행기 엔진에 문제가 생긴 거예요.
정비사도 승객도 없는 상태에서
혼자 수리를 해야 했죠.
일주일 정도 버틸 수 있는 물밖에 없었기 때문에
내게는 생사가 걸린 중요한 순간이었습니다.
첫날 밤,
나는 인가에서 천 마일이나 떨어진 모래 위에서
잠이 들었습니다.

바다 한가운데 뗏목 위에

홀로 떠 있는 조난자보다 더 외로웠죠.

그러니 해가 뜰 무렵

이상한 목소리에 잠에서 깼을 때

내가 얼마나 놀랐을지 상상할 수 있을 거예요.

"저기요…… 양 한 마리만 그려주세요."

"뭐라고?"

"양 한 마리만 그려달라고요."

나는 깜짝 놀라 벌떡 일어났습니다.

눈을 깜박이며 주위를 유심히 살펴보았습니다.

그러다 아주 이상하게 생긴 작은 아이가

진지한 표정으로

나를 바라보고 있는 것을 보았습니다.

이 그림은 훗날

내가 그 아이를 보고 그린 그림 중에

가장 훌륭한 것입니다.

물론 내 그림은 분명

실제 모델보다 덜 매력적이에요.

하지만 그건 내 잘못이 아니에요.

이 그림은 훗날 내가 그 아이를 보고 그린 그림 중에 가장 훌륭한 것입니다.

어른들이

내가 여섯 살 때 화가의 꿈을 포기하게 했고

그 이후로 나는

속이 보이는 보아뱀과 보이지 않는 보아뱀 말고는

아무것도 그리는 법을 배우지 못했으니까요.

나는 갑자기 나타난 아이를

눈을 크게 뜨고 바라보았습니다.

생각해 보세요,

나는 사람이 살지 않는 곳에서 천 마일이나 떨어진

사막에 추락했습니다.

그런데 이 작은 아이는

모래사막에서 길을 잃은 것 같지도 않았고

피곤이나 배고픔, 목마름, 두려움에

지쳐 보이지도 않았습니다.

그의 모습은,

사막 한가운데서 길을 잃은 아이처럼 보이지 않았죠.

드디어 내가 말문을 열 수 있게 되었을 때

아이에게 물었습니다.

"도대체 여기서 뭐 하는 거야?"

그러자 아이는 아주 천천히 대답했습니다.

"양을…… 그려주세요."

알 수 없는 궁금증이 너무 커지면

사람은 어쩔 수 없이 순종하게 되죠.

사막 한가운데서 죽음의 위험에 처한 상황이었지만,

나는 어이없게도

주머니에서 종이와 펜을 꺼내 들었습니다.

그리고 말했습니다.

"난 그림을 못 그려."

"그건 상관없어요. 양을 그려주세요……."

하지만 나는 양을 그려본 적이 없었습니다.

그래서

내가 자주 그리던 두 그림 중 하나를 그려주었죠.

그것은

속이 보이지 않는 보아뱀의 그림이었습니다.

"아니 아니 아니!

나는 보아뱀 속에 있는 코끼리를 원하지 않아요.

보아뱀은 아주 위험한 동물이고

코끼리는 너무 커요.

내가 사는 곳은 모든 게 아주 작답니다.

내가 필요한 건 양이에요. 양을 그려주세요."

그래서 나는 양을 그렸습니다.

아이는
그림을 자세히 들여다보더니 말했습니다.
"아니에요. 이 양은 너무 아파 보여요.
다른 양을 그려주세요."
그래서 나는 또 다른 그림을 그렸습니다.

아이는
부드럽고 너그럽게 미소 지으며 말했습니다.

"이건 양이 아니에요. 뿔이 있잖아요."
그래서 나는 다시 그림을 그렸습니다.

하지만 그 그림도 퇴짜를 맞았죠.
"이건 너무 늙었어요. 나는 오래 살 양이 필요해요."
그때 나는 엔진을 분해할 일이 급해
아무렇게나 그림을 그려놓고 한마디 툭 던졌습니다.

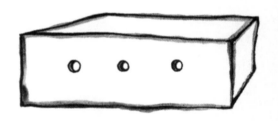

"여기 이 상자 안에 양이 있어."

그런데 놀랍게도 어린아이의 얼굴에
환한 빛이 비치는 걸 보았습니다.
"딱 내가 원하던 거예요!
이 양은 풀을 많이 먹어야 할까요?"
"왜?"
"내가 사는 곳은 모든 게 아주 작거든요……."
"그럼 괜찮을 거야. 이 양은 아주 작거든."
아이가 고개를 숙여 그림을 바라보며 말했습니다.
"그렇게 작지도 않네요……
봐요! 양이 잠들었어요……."
그렇게 해서 나는
어린 왕자와 친구가 되었습니다.

3

어린 왕자의 정체를 밝히는데
예상보다 긴 시간이 걸렸습니다.
그는 끊임없이 질문을 쏟아냈지만,
정작 내 질문에는 무심한 듯했습니다.
우연히 건넨 말속에서
단서를 조금씩 찾아낼 수 있었습니다.
가령 내 비행기를 처음 보았을 때
그는 나에게 물었습니다.
"이 물건은 뭐예요?"
"이건 물건이 아니야. 날아다니는 거라고.
비행기라는 거야. 내 비행기."
내가 하늘을 날아다닌다는 걸
아이에게 알려주는 것이 자랑스러웠습니다.
그러자 그가 놀라며 외쳤습니다.

"뭐라고요!
아저씨가 하늘에서 떨어졌어요?"
"응"
나는 겸손하게 대답했습니다.
"오! 그것참 재밌네요!"
그러면서 어린 왕자는 환하게 웃음을 터뜨렸는데
나는 그게 무척이나 짜증이 났습니다.
나는
내 불행을 진지하게 받아들여 주길 원하거든요.
그리고 나서 아이가 덧붙였습니다.
"아저씨도 하늘에서 온 거네요!
아저씨의 행성은 어디예요?"
그 순간,
신비로운 아이의 존재를 알아낼 수 있는
한 줄기 빛이 비치는 것 같았습니다.
그래서 용기를 내어 물었습니다.
"너는 다른 행성에서 온 거니?"
아이는 잠시 생각하더니, 작은 목소리로 말했습니다.
"사실 아저씨는
아주 먼 곳에서 온 것은 아닐 거예요……."

그 후 어린 왕자는 양을 꺼내 소중하게 다루며
깊은 생각에 잠겼습니다.
마치 그 양이 그의 과거와 연결된 듯했죠.
나는 그에게
'다른 행성'이라는 단어를 던지며 호기심을 드러냈고,
좀 더 알아보려고 노력했습니다.
"꼬마야, 넌 어디서 온 거야?
네가 사는 곳은 어디야?"
그의 대답은 의외였습니다.
"아저씨가 준 상자가 좋은 점은
밤에는 집처럼 쓸 수 있다는 거예요."
"그렇지.
원한다면 낮에 양을 묶어놓을 수 있도록 줄도 주고
묶을 기둥도 줄게."
하지만 어린 왕자는 깜짝 놀란 듯 보였습니다.
"묶어두다니! 정말 이상한 생각이에요!"
"하지만 묶지 않으면
어딘가로 떠돌아다니다 길을 잃을지도 몰라."
어린 왕자는
다시 한번 웃음을 터뜨리며 말했습니다.

"아저씨가 생각하기에 양이 어디로 갈 것 같아요?"

"아무 데나. 앞이 보이는 대로 쭉."

그러자 어린 왕자는 진지하게 말했습니다.

"그런 일은 없을 거예요.

내가 사는 곳은 아주 작거든요!

앞으로 쭉 간다고 해도,

멀리 갈 수는 없을 거예요……."

아이의 말속에는

어딘지 모를 슬픔이 묻어 있었습니다.

소행성 B612에 서 있는 어린 왕자

4

드디어
중요한 두 번째 사실을 알게 되었습니다.
어린 왕자가 살던 행성은
집보다 조금 더 큰 정도였지요.
별로 놀랍진 않았습니다.
망원경으로도 잘 보이지 않는 작은 행성들이
수백 개나 있다는 걸 알고 있었으니까요.
천문학자들은 그런 행성에 이름 대신 번호를 붙여
'소행성 325번' 처럼 불렀습니다.
어린 왕자의 행성은 바로
'B612' 라는 소행성이었습니다.

1909년

터키의 한 천문학자가 망원경으로

이 행성을 처음 발견했지만,

터키 전통 복장을 하고 있던 그의 말을

아무도 믿지 않았습니다.

어른들은 정말 이상해요.

다행히도 그 후

터키에서 유럽식 복장을 강요하는 법이 생겨

천문학자가 우아한 복장을 차려입고 다시 발표하자

모두가 그의 말을 믿었죠.

내가 이렇게

소행성의 번호까지 구체적으로 말하는 건

어른들이 숫자에만 집착하기 때문이에요.

어른들은

아이의 순수한 마음보다 숫자를 더 믿거든요.

새 친구를 만나도

그 아이의 목소리나 좋아하는 놀이보다는

나이, 형제, 아버지의 직업 등에만 관심을 두죠.

사람을 숫자로 평가하듯 말이에요.

어른들에게

"장미꽃이 피어 있는 아름다운 집을 봤어요."

라고 말하면,

그들은 그 집의 따뜻한 분위기나 아름다움보다는

집값에만 관심을 가져요.

"10만 프랑짜리 집이었어요."

라고 말해야 비로소 그들은

"정말 예쁜 집이겠구나!"

하고 반응하죠.

만약 내가

"어린 왕자가 이 세상에 있었다는 증거는

그 애가 웃음이 예뻤고

양을 갖고 싶어 했다는 거예요.

누군가가 양을 갖고 싶어 했다면

그건 그가 이 세상에 존재한다는 증거예요."

라고 말한다면

어른들은 나를 어린애 취급하며 코웃음을 칠 거예요.

하지만

"어린 왕자는 소행성 B612에서 왔어요."

라고 말하면

그들은 더 이상 질문하지 않고 고개를 끄덕이죠.

어른들은 그렇게

숫자로만 세상을 이해하려고 하니까요.

그러나 그들을 탓해서는 안 돼요.

아이들은 어른들의 이런 모습에 너그러워야 해요.

하지만 우리는

숫자보다 더 중요한 것들을 알고 있죠.

나는 이 이야기를 단순히

'옛날 옛적에 어린 왕자가 살았다.'

라고 시작하고 싶었지만

어른들은 그런 이야기를 믿지 않을 거예요.

그래서 소행성 B612라는 숫자를 넣은 거예요.

어린 왕자가 내 곁을 떠난 지 6년이 지났습니다.

그를 잊지 않기 위해

나는 이렇게 글을 쓰고 있습니다.

친구를 잊는다는 것은 너무나 슬픈 일이에요.

모든 사람에게 소중한 친구가 있는 것은 아니니까요.

만약 내가 어린 왕자를 잊는다면

나도

숫자에만 관심을 두는 어른이 되어버릴지도 몰라요.

그래서 나는 다시 그림을 그리기 시작했습니다.

어린 왕자의 초상화를 그리려고 노력하지만

쉽지 않았습니다.

어린 왕자는 내게

모든 것을 자세히 설명해 주지 않았고

나는 아직도 그를 완벽하게 이해하지 못했거든요.

어린 왕자는

내가 상자 속의 양을 볼 수 있다고 생각했지만

나는 그렇게 할 수 없습니다.

어쩌면 나도 어른들처럼

세상을 숫자로만 보려고 하는 걸지도 몰라요.

하지만 친구를 떠나보낸 슬픔은

여전히 내 마음속에 남아 있습니다.

5

날마다 어린 왕자의 이야기를 조금씩 알아갈수록,
나는 그의 작은 행성과
그곳에서 시작된 여행에 깊이 빠져들었습니다.
마치 실타래를 풀 듯,
그의 이야기는 천천히 나에게 다가왔죠.
셋째 날,
나는 바오밥나무에 대한 이야기를 들었습니다.
이번에도 양 덕분이었죠.
어린 왕자는 심각한 표정으로 갑자기 물었습니다.
"양들이 작은 덤불을 먹는 게 맞죠?"
"맞아."
"아, 다행이다!"
나는 그의 기쁨을 이해할 수 없었습니다.
그런데 어린 왕자는 덧붙였습니다.

"그럼, 양들도 바오밥나무를 먹겠네요?"
나는
바오밥나무가 작은 덤불이 아니라
성만큼 큰 나무라고 설명했습니다.
"코끼리 떼를 데려가도
바오밥나무 한 그루도 먹어 치우지 못할걸."
어린 왕자는 웃으며 말했습니다.
"코끼리 한 마리를
다른 코끼리 위에 올려놓아야겠네요."

하지만 그는 곧 진지해지며 말했습니다.

"바오밥나무도

처음에는 작은 싹으로 시작하잖아요."

"그건 맞아. 하지만 왜 양이

작은 바오밥나무를 먹었으면 하는 거니?"

"아이, 참! 그 이유를 모른단 말이에요?"

어린 왕자는

말할 필요도 없다는 듯이 대답했습니다.

그래서 나는 스스로 문제를 해결하기 위해

머리를 짜내야 했습니다.

어린 왕자의 행성에도 다른 행성들처럼

좋은 식물과 나쁜 식물이 있었습니다.

좋은 식물은 좋은 씨앗을,

나쁜 식물은 나쁜 씨앗을 낳았죠.

하지만 씨앗은 눈에 보이지 않았습니다.

땅속에서 잠들어 있다가,

깨어날 때가 되면 작은 싹을 틔워

햇빛을 향해 자라기 시작했습니다.

만약 그게 무해한 식물이라면 내버려둬도 되지만,

나쁜 식물이라면 처음부터 없애야 했습니다.

어린 왕자의 행성에는 무서운 씨앗이 있었습니다.
바로 바오밥나무 씨앗이에요.
바오밥나무는 너무 많이 자라면
절대 뽑을 수 없습니다.
이 나무들은 뿌리가 행성을 뚫고 들어가서
행성을 산산조각 낼 수도 있었죠.

어린 왕자는 나중에 나에게 말했습니다.

"아침에 일어나면 자기 몸을 깨끗이 하는 것처럼

내 행성도 깨끗이 돌봐야 해요.

바오밥나무 싹은 아주 어린 시절부터 뽑아내야 하죠.

장미 덤불과 비슷하게 생겼기 때문에

구별할 수 있는 순간 바로 뽑아야 해요.

귀찮긴 하지만, 사실 쉬워요."

어느 날 그는 나에게 말했습니다.

"아저씨가 사는 곳의 아이들이

이걸 정확히 알 수 있게 그림을 그려주세요.

그게 나중에 아이들에게 정말 중요할 거예요.

때로는 어떤 일을 미루어도 괜찮다고 생각하지만

바오밥나무 문제는 그렇지 않아요.

미루면 큰 재앙이 될 수 있어요.

게으름 때문에

작은 덤불 세 개를 방치한 행성이 있거든요……."

그래서 나는 어린 왕자가 묘사한 대로

바오밥나무에 대한 그림을 그렸습니다.

바오밥나무

나는 도덕적인 훈계는 좋아하지 않지만,

바오밥나무의 위험성은 제대로 알려지지 않았기에,

사람들에게 경고하기 위해 이 그림을 그렸습니다.

"바오밥나무를 조심해!"

라고.

나도 처음엔 바오밥나무의 위험성을 몰랐습니다.

그래서 이 그림을 그리는 데 열심히 노력했죠.

혹시

"왜 이 책에 다른 멋진 그림은 없나요?"

라고 묻는 분이 있다면 대답은 간단합니다.

내가 노력했지만

다른 그림들은 그다지 성공적이지 못했습니다.

바오밥나무 그림을 그릴 때는

그 절박함과 필요성에서 영감을 받았기 때문입니다.

6

나는 어린 왕자의 슬프고 작은 비밀을
조금씩 이해하기 시작했습니다.
오랫동안 그에게 위안을 주는 것이라곤
석양을 바라보는 고요한 순간밖에 없었습니다.
넷째 날 아침,
나는 어린 왕자의 말을 듣고
새로운 사실을 알게 되었습니다.
"석양이 정말 좋아요. 지금 바로 보러 갈까요?"
"조금만 기다려야 해."
"기다려요? 뭘 기다려야 하죠?"
"해가 질 때까지 기다려야지."
어린 왕자는 놀란 듯하더니 이내 웃으며 말했습니다.
"나는 항상 내 별에 있는 것처럼 느껴져요!"

누구나 알다시피
미국이 정오일 때 프랑스에서는 해가 지죠.
1분 만에 프랑스로 갈 수만 있다면
해가 지는 것을 볼 수 있을 거예요.
불행히도 프랑스는
너무 멀리 떨어져 있습니다.

그러나 어린 왕자의 작은 행성에서는
몇 걸음만 의자를 옮기면 충분했어요.
그렇게만 하면
원할 때마다 해지는 모습을 볼 수 있었던 거죠.
그는 석양을 보며 외로움을 달랬고,
어느 날에는 무려 마흔네 번이나
석양을 바라보았다고 했습니다.
"사람이 슬플 때는
석양을 더욱 사랑하게 되는 것 같아요."
어린 왕자의 말을 듣고 나는
그가 그날 얼마나 슬펐을지 짐작할 수 있었습니다.
하지만 그는 더 이상 아무런 말을 하지 않았습니다.

7

다섯째 날,

양 덕분에

어린 왕자의 마음속 깊은 곳에 자리 잡고 있던

비밀을 알게 되었습니다.

오랫동안 품고 있던 질문에 대한 답을 찾은 듯,

그는 갑자기 예상치 못한 질문을 던졌습니다.

"양이 덤불을 먹는다면, 꽃도 먹을까요?"

"양은 뭐든지 먹어."

"가시가 있는 꽃도요?"

"그래. 가시가 있는 꽃도 먹어."

"그럼 가시는 왜 있는 거예요?"

나는 그 이유를 몰랐습니다.

당시 나는

엔진의 고장을 수리하느라 정신이 없었죠.

마실 물도 떨어져 가고

상황은 점점 더 나빠지고 있었습니다.

"가시는 왜 있는 거예요?"

어린 왕자는 질문을 포기하지 않았습니다.

나는 짜증이 나서 대충 대답했습니다.

"가시? 아무 소용 없어.

꽃들이 괜히 심술부리는 거야!"

"오!"

잠시 침묵 후

아이는 약간 서운한 표정으로 말했습니다.

"전 믿지 않아요! 꽃들은 약해요. 순진하죠.

그들은 할 수 있는 대로 자신을 지키려는 거예요.

가시가 있으면 무서워 보일 거라고 생각하죠…….."

나는 아무 대답도 하지 않았습니다.

그 순간 나는

'이 볼트가 계속 버티면, 망치로 부숴버려야겠다.'

라고 생각했습니다.

어린 왕자는 다시 내 생각을 방해했습니다.

"정말 그렇게 생각해요? 꽃들이……."

"아니야! 아니야! 난 아무 생각도 없어!

그냥 아무렇게나 대답했을 뿐이야.

난 지금 중요한 일에 신경 쓰고 있다고!"

아이는 놀라 나를 바라보았습니다.

"중요한 일?"

아이는 기름때 묻은 손으로 망치를 들고

내가 보기에도

우스꽝스러운 물건을 만지작거리고 있는 나를

바라보았습니다.

"아저씨는 어른들처럼 말하네요!"

그 말에 나는 조금 부끄러웠습니다.

그러나 어린 왕자는 거침없이 말을 이어갔습니다.

"아저씨는 모든 걸 헷갈리고 있어요……

완전히 뒤섞어 버렸어요!"

그는 진심으로 화가 난 듯했습니다.

바람에 그의 금빛 머리카락이 흩날렸습니다.

"나는 어떤 행성에 사는

얼굴이 벌겋게 달아오른 사람을 알아요.

그는 꽃 한 송이의 향기도 맡아본 적이 없어요.

별을 쳐다본 적도 없고 누구도 사랑한 적이 없어요.

그는 하루 종일 덧셈만 해요.

그리고 온종일 아저씨처럼 말해요.

'나는 중요한 사람이다! 나는 중요한 사람이다!'

라고.

그러면서 자부심에 부풀어 있죠.

하지만 그는 사람이 아니에요. 버섯이지!"

"뭐라고?"

"버섯이라고요!"

어린 왕자는 이제 화가 나서 얼굴이 창백해졌습니다.

"꽃들은 수백만 년 동안 가시를 만들어 왔어요.

그럼에도 불구하고

양들은 수백만 년 동안 꽃들을 먹어왔어요.

그런데도 꽃들이

쓸모도 없는 가시를 만드느라 애쓰는 이유를

이해하려고 하는 게 심각한 일이 아니라고요?

양과 꽃 사이의 전쟁이 중요하지 않다는 건가요?

그 붉은 얼굴의 커다란 사람의 덧셈보다

더 진지하고 중요한 게 아니라고요?

그리고 만약 내가 내 행성에만 있는
세상에 단 하나뿐인 꽃을 알고 있다고 해요.
그런데 어느 날 아침, 양 한 마리가
그 꽃을 아무 생각 없이
한 번에 먹어 버릴 수도 있는데,
그게 중요하지 않다는 건가요?"
아이는 얼굴이 붉어지더니 다시 말했습니다.
"누군가 수백만,
수천만 개의 별들 가운데 단 하나뿐인
꽃을 사랑한다면,
그 사람은 별들을 바라보는 것만으로도
행복할 거예요.
그는 이렇게 생각하겠죠.
'내 꽃이 저기 어딘가에 있어⋯⋯.'
그런데 만약 양이 그 꽃을 먹어버린다면,
그 사람에게는 갑자기
모든 별이 꺼져버린 것과 같을 거예요!
그게 중요하지 않다는 거예요?"
더 이상 아무 말도 하지 못하던 아이는
갑자기 눈물을 터뜨렸습니다.

이미 밤이 되어 있었고,

나는 도구를 내려놓았습니다.

내 망치, 내 볼트, 목마름,

심지어 죽음조차도 상관없었습니다.

지금은 어떤 별, 어떤 행성, 내 행성인 지구에서

한 작은 왕자를 위로하는 일이 더 중요했거든요!

나는 그를 품에 안았습니다.

그리고, 그를 달래며 말했습니다.

"네가 사랑하는 꽃은 위험하지 않아……

양의 입을 막을 입마개를 그려줄게……

네 꽃을 위해 갑옷도 그려줄게…… 내가…….''

무슨 말을 해야 할지 잘 몰랐습니다.

나는 너무나 어색하고 서툴게 느껴졌죠.

어떻게 그에게 다가가야 할지, 공감할 수 있을지

도무지 알 수 없었습니다.

눈물의 나라는 정말로 신비한 곳이에요.

8

어린 왕자의 행성에는 소박한 꽃들만 피어났습니다.

꽃잎이 햇살을 받아 잠깐 반짝이다가,

저녁이면 어김없이 사라지는 그런 꽃들.

그런데 어느 날,

낯선 씨앗 하나가 흙 속에서 싹을 틔웠습니다.

어린 왕자는 그 작은 싹을,

바오밥나무 씨앗이 아닐까?

조심스럽게 관찰했습니다.

시간이 흘러, 싹은 커다란 꽃봉오리를 맺었습니다.

신비로운 존재가 곧 모습을 드러낼 것처럼,

꽃봉오리는 매일 조금씩 부풀어 올랐습니다.

하지만 꽃은

서둘러 피어나려 하지 않았습니다.

푸른 잎사귀 속에 숨어 자신만의 시간을 보내며,

가장 아름다운 모습으로
세상에 나올 준비를 하고 있었습니다.
햇살 아래 곱게 말라버린 양귀비처럼
시들어 버리고 싶지 않았던 거죠.
드디어 기다리고 기다리던 순간이 찾아왔습니다.
해가 떠오르는 새벽,
꽃봉오리가 활짝 펼쳐지며
아름다운 꽃이 피어났습니다.
꽃은 부드럽게 하품하며
나른한 목소리로 말했습니다.
"아, 이제 막 잠에서 깨어났어요.
꽃잎이 아직 정돈되지 않았네요."
어린 왕자는 눈을 크게 뜨고 꽃을 바라보았습니다.
"정말 아름다워요!"
그의 입에서 감탄사가 터져 나왔습니다.
꽃은 수줍은 듯 고개를 숙이며 말했습니다.
"그렇죠? 저는 해님과 함께 태어났거든요."
어린 왕자는 꽃이 겸손하지 못하다는 걸 알았지만,
그래도 가슴을 설레게 하는 꽃이라는 사실을
부정할 수 없었습니다.

"이제 아침 식사를 해야겠어요."
꽃은 어린 왕자에게 시선을 고정하며 말했습니다.
"저에게 물을 좀 뿌려주세요."
어린 왕자는 서둘러 물뿌리개를 가져와
꽃에 물을 주었습니다.
그리고 그때부터 어린 왕자는
매일 아침 꽃에 물을 주며 정성껏 돌보았습니다.
꽃은 점점 더 까다롭게 굴었습니다.
어느 날,
꽃은 자기 가시를 가리키며 이렇게 말했습니다.
"호랑이가 와도 날 해칠 수 없어요.
내 가시가 무섭거든요."
어린 왕자는
"우리 별에는 호랑이가 살지 않아요.
그리고 호랑이는 풀을 먹지 않아요."
라고 답했지만,
꽃은 아랑곳하지 않고 계속해서
자신의 아름다움을 자랑했습니다.
"나는 풀이 아니라고!
나는 아주 특별한 꽃이라고요!"

"미안해요."

어린 왕자는 꽃의 반응에 당황했습니다.

"나는 호랑이가 전혀 무섭지 않아요.

하지만 바람은 질색이에요.

나를 위한 가리개를 만들어 줄래요?"

꽃은 애절한 눈빛으로 어린 왕자를 바라보았습니다.

"바람이 질색이라니…… 안된 일이네!"

어린 왕자는 속으로 생각했습니다.

'이 꽃은 정말 까다로운 구석이 많아.'

"밤에는 나를 유리 덮개 아래에 넣어줘야 해요.

여기는 너무 추워요. 내가 온 곳에서는……."

꽃은 잠시 말을 멈추고는 헛기침을 했습니다.

"어디서 왔는데요?"

어린 왕자가 물었습니다.

"글쎄…… 멀리서 왔어요."

꽃은 얼버무렸습니다.

사실 꽃은 씨앗으로 왔기 때문에

어디서 왔는지 알 수 없었습니다.

어린 왕자는 꽃의 거짓말을 눈치챘지만,

더 이상 추궁하지 않았습니다.

그는 그저

꽃이 외로워서 그런 말을 하는 것으로 생각했습니다.

"가리개는요?"

꽃은 조금 더 억지로 기침하며 말했습니다.

"지금 막 찾으러 가려던 참이었는데,

당신이 말을 걸어서……."

어린 왕자는

꽃이 하는 말을 의심하기 시작했습니다.

사실 꽃은 외로움을 느끼고

관심을 끌고 싶었던 것뿐이었지만,

어린 왕자는 꽃의 마음을 이해하지 못했습니다.

어린 왕자는

중요하지 않은 말을 너무 진지하게 받아들이면서

불행하게 되었습니다.

어느 날,

어린 왕자는 내게 속마음을 털어놓았습니다.

"꽃이 하는 말에 너무 신경 쓰지 말았어야 했어요.

그냥 꽃을 바라보고 향기를 맡으며

행복했으면 됐는데 말이죠.

꽃은 온 세상을 향기로 가득 채웠는데,

나는 그 아름다움을 전혀 느끼지 못했어요.

꽃이 호랑이 이야기를 했을 때,

따뜻한 마음으로 이해했어야 했는데……

내가 너무 어리석었던 것 같아요."

그는 계속해서 이야기했습니다.

"사실 난 아무것도 몰랐어요.

꽃의 행동을 보고 마음을 헤아렸어야 했는데,

말에만 너무 집착했던 거죠.

꽃은 나에게 향기와 빛을 선물했는데,

나는 그걸 몰랐어요.

꽃을 떠나지 말았어야 했어요.

꽃의 투정 속에 숨겨진 애정을

알아차렸어야 했는데……

꽃들은 정말 변덕스럽지만,

나는 너무 어려서

꽃을 사랑하는 방법을 몰랐던 거죠."

9

나는
어린 왕자가 철새 떼의 긴 행렬에 합류하여
그의 별을 떠났으리라 생각합니다.
떠나기 전날 밤,
어린 왕자는 작은 별을 꼼꼼하게 정리했습니다.
두 개의 활화산을 정성스럽게 청소했죠.
활화산은 어린 왕자에게
따뜻한 아침 식사를 만들어주는
소중한 친구였습니다.
심지어 잠들어 있는 휴화산까지도
깨끗하게 청소했습니다.
잘 관리된 화산은 꾸준히 따뜻한 열기를 내뿜지만,
갑작스러운 폭발로 주변을 덮치는 일은 없답니다.

어린 왕자는 두 개의 활화산을 정성스럽게 청소했죠.

다음으로,

성가신 바오밥나무 싹들을 뽑았습니다.

작은 별을 잠식할까 봐 늘 걱정이었습니다.

싹들을 뽑으며 어린 왕자는 생각했습니다.

'이제 다시는 이곳으로 돌아오지 못할지도 몰라.'

하지만 떠나기 전 마지막까지

최선을 다하고 싶었습니다.

마지막으로, 꽃에게 다가갔습니다.

꽃은 여전히 아름다웠지만,

어린 왕자의 마음은 무거웠습니다.

유리 덮개를 닦으며 꽃을 바라보니,

눈물이 핑 돌았습니다.

어린 왕자는 용기를 내어

꽃에게 작별 인사를 건넸습니다.

"잘 있어요."

어린 왕자가 작별 인사를 건넸지만,

꽃은 아무런 대답이 없었습니다.

다시 한번

"잘 있어요."

라고 말하자 꽃은 기침을 했습니다.

"미안해요. 내가 잘못했어요. 행복하게 지내요."

꽃이 작은 목소리로 말했습니다.

어린 왕자는 놀랐습니다.

꽃이 이렇게 부드럽게 말하는 건 처음이었죠.

"정말…… 정말 고마워요."

"당연하죠. 당신을 사랑하니까요."

꽃은 쑥스러운 듯 고개를 숙였습니다.

"당신이 내 마음을 몰랐던 건 내 잘못이에요.

하지만 괜찮아요. 당신도 나처럼 어리석었으니까요.

행복하게 지내요."

꽃은 유리 덮개를 치우고 싶어 했습니다.

"바람이 불면 어떡해요?"

어린 왕자가 걱정스럽게 물었습니다.

"괜찮아요. 나에겐 시원한 바람이 필요해요.

나는 꽃이니까요."

꽃은 자신 있게 말했습니다.

"하지만 짐승들이……"

"나비를 보려면 벌레 두세 마리쯤은 견뎌야죠.

나비는 정말 아름답다는데.

나비 말고 누가 나를 찾아오겠어요?

짐승들이 온대도

난 가시가 있으니까 겁낼 필요 없어요."

꽃은 네 개의 가시를 펼쳐 보이며 웃었습니다.

"이제 가요. 당신은 떠나야 하잖아요."

꽃은 우는 모습을 들키고 싶지 않았습니다.

자존심 강한 꽃이었죠.

10

우주 공간을 떠돌던 어린 왕자는
마침내 325번부터 330번까지 번호가 붙은
작은 행성들 무리에 다다랐습니다.
호기심이 가득 찬 눈으로 주변을 둘러보던 그는,
새로운 세계를 경험하고 싶다는 열망에 이끌려
하나씩 행성들을 방문하기 시작했습니다.
첫 번째로 찾아간 소행성에는
놀랍게도 왕이 홀로 살고 있었습니다.
왕은 왕실의 상징인 자주색 옷에
값비싼 담비 털을 두른 화려한 옷을 입고,
진짜 왕처럼 위엄 있는 자세로
홀로 앉아 있었습니다.
그의 주변에는 아무것도 없었고,
오직 왕과 텅 빈 왕좌만이 존재했습니다.

어린 왕자가 다가가자 왕은 크게 소리쳤습니다.
"아! 내 신하가 왔구나!"
그의 목소리에는 자신감이 넘쳐흘렀고,
오래전부터
어린 왕자를 기다리고 있었던 것 같았습니다.

어린 왕자는 왕의 말에 어리둥절했습니다.

"나를 어떻게 알고 신하라고 부르는 걸까?"

"좀 더 가까이 다가와 보렴.

너를 자세히 보고 싶구나."

왕은 어린 왕자에게 명령하듯 말했습니다.

오랫동안 기다려 온 순간이 온 듯,

그의 얼굴에는 만족스러운 미소가 번졌습니다.

드디어 자신을 섬기는 신하가 생겼다는 사실에

흥분을 감추지 못하는 모습이었습니다.

어린 왕자는

잠시 쉴 곳을 찾아 주변을 둘러보았지만,

왕의 화려한 담비 망토가

소행성 전체를 뒤덮고 있어

앉을 자리가 전혀 없었습니다.

결국 서서 기다릴 수밖에 없었던 어린 왕자는,

피곤함을 견디지 못하고 큰 하품을 했습니다.

"어찌 감히 내 앞에서 하품을 하느냐!"

왕은 어린 왕자의 하품 소리에

화를 버럭 내며 소리쳤습니다.

"신하 된 자세가 아니야!

당장 하품하는 것을 그만둬라!"

그의 목소리에는 위엄이 서려 있었고,

어린 왕자는 움츠러들 수밖에 없었습니다.

"죄송합니다.

하지만 너무 피곤해서 참을 수가 없었습니다."

어린 왕자는 곤란한 표정을 지으며 변명했습니다.

"먼 길을 왔고 잠도 제대로 자지 못해서……."

그의 목소리에는 진심이 담겨 있었습니다.

"그렇다면 내가 특별히

너에게 하품을 하라고 명령하겠다!"

왕은 재미있는 일이라도 발견한 듯

흥미로운 표정을 지었습니다.

"나는 하품하는 모습을 본 지 오래되어서 말이다.

하품은 참 신기한 것이지.

자, 다시 한번 크게 하품을 해 보도록!

이는 나의 명령이다!"

"명령이라고 하니 무서워요…….

이젠 하품이 나오지 않아요……."

어린 왕자는 당황하며 말했습니다.

"흠! 흠! 그렇다면 네게 명하노니
가끔 하품을 하고, 또 가끔은……."
왕은 조금 당황한 듯 말했습니다.
왕에게 있어 가장 중요한 것은
자신의 권위였습니다.
누구도 그의 명령에 반기를 들 수 없었습니다.
절대적인 권력을 가진 왕이었지만,
그는 스스로를 매우 착한 사람이라고 생각했습니다.
그의 명령은 언제나 합리적이라고 믿었기 때문이죠.
왕은 종종 이런 말을 했습니다.
"만약 내가 한 장군에게
바닷새로 변하라고 명령했는데 그가 거부한다면,
그건 그의 잘못이 아니라 내 잘못이지.
내 명령이 불합리했다."
"앉아도 될까요?"
어린 왕자는 망설이며 물었습니다.
"내가 명령한다, 앉아라."
왕은 담비 가죽 망토를 당기며 대답했습니다.
하지만 어린 왕자는 고개를 갸웃했습니다.

'이렇게 작은 별에서 대체 무엇을 다스리는 걸까?'
라는 생각이 들었죠.

그래서 용기를 내어 왕에게 물었습니다.

"폐하, 잠깐 질문을 드려도 될까요?"

"허락한다. 물어보도록 해라."

왕은 여유로운 태도로 대답했습니다.

"폐하께서는 무엇을 다스리고 계십니까?"

"모든 것을."

왕은 자신감에 찬 목소리로 대답하며

손짓으로 하늘을 가리켰습니다.

"저 하늘의 모든 별을 포함해서 말이다."

"정말 모든 별을 다스리신다고요?"

어린 왕자는 놀라움을 감추지 못했습니다.

"물론이다. 내 명령에 반하는 별은 없다."

왕은 단호하게 말했습니다.

그런 무한한 힘은

어린 왕자에게 마법처럼 느껴졌습니다.

만약 자신에게도 그런 힘이 있다면,

의자에 가만히 앉아서 하루에 백 번,

아니 천 번이라도

해가 지는 모습을 볼 수 있을 것으로 생각했습니다.

떠나온 작은 별이 문득 그리워진 어린 왕자는,

용기를 내어 왕에게 부탁했습니다.

"폐하,

저는 해가 지는 걸 보고 싶습니다.

혹시 해가 지도록 명령해 주실 수 있을까요?"

"만약 내가 한 장군에게

나비처럼 날아다니라고 명령했는데,

그가 그 명령을 거부한다면

누구 잘못이라고 생각하느냐?

장군일까, 나일까?"

"폐하의 잘못입니다."

어린 왕자는 단호하게 말했습니다.

"사람에게 불가능한 일을 시킬 수는 없습니다."

"맞다. 권력은 이성에 기반해야 한다.

만약 내가 백성들에게

바다에 뛰어들라고 명령한다면,

그들은 반드시 반발할 것이다.

나의 명령은

합리적이어야만 존중받을 수 있다."

"그렇다면 해가 지는 것을 보는 것은 어떨까요?"

어린 왕자는 포기하지 않고 다시 물었습니다.

"물론이다.

내 명령이 있으면 해도 질 것이다.

하지만 나의 통치 방식에 따라,

적절한 시기를 기다려야 한다."

"그럼 언제쯤 해가 질 수 있을까요?"

"음…… 글쎄……

오늘 저녁 7시 40분쯤이면 가능할 것 같구나.

그때 내 명령이 얼마나 잘 이행되는지 보여주지."

어린 왕자는 하품을 참을 수 없었습니다.

석양을 볼 수 없다는 생각에 조금 실망했고,

이 작은 별에서

더 이상 할 일이 없다는 것을 깨달았습니다.

"폐하, 저는 이제 떠나야겠습니다."

"떠나지 마라!"

왕은 어린 왕자를 붙잡으려는 듯 말했습니다.

"내가 그대를 정의의 장관으로 임명하겠다!"

"정의의 장관이라니요? 무슨 일을 하는 건가요?

여기엔 판결할 대상이 아무도 없잖아요."

"그렇다고 할 수 없지.

내 왕국은 아직 탐험 되지 않은 곳이 많단다.

나는 너무 늙어서 직접 돌아다닐 수 없고 말이야.

게다가 이 작은 별에 마차가 달릴 공간도 없으니."

"하지만 저는 이미 이 별을 샅샅이 뒤져봤어요."

어린 왕자는 별의 반대편을 가리키며 말했습니다.

"저쪽에도 아무도 없었어요."

"그렇다면 스스로를 심판해 보는 건 어떠냐?

남을 심판하는 것보다

자신을 심판하는 것이 훨씬 어려운 법이지.

스스로를 올바르게 심판할 수 있다면,

그대는 진정한 지혜를 가진 사람이 될 것이다."

"물론 저는 저 자신을 심판할 수 있습니다.

하지만 굳이 이곳에 머물 필요는 없잖아요."

어린 왕자는 담담하게 말했습니다.

"흠, 흥미롭군.

내 별 어딘가에 늙은 쥐가 살고 있다.

밤마다 쥐 소리가 들리지.

그 쥐를 심판하는 일을 그대에게 맡기겠다.

가끔은 사형을 선고해야 할지도 모르지.

그 쥐의 생명이 그대의 심판에 달린 셈이다.

하지만 잊지 말아야 할 것은,

한 마리밖에 없으니

소중히 여겨야 한다는 사실이다."

"죄송하지만,

저는 누구에게도 사형을 선고하고 싶지 않습니다.

이제 저는 다시 길을 떠나야겠습니다."

"안 된다!

그대는 내 신하이니 내 명령에 따라야 한다!"

왕은 단호하게 말했습니다.

"하지만 저는 이미 떠날 준비를 마쳤습니다."

어린 왕자는 담담하게 말했습니다.

"폐하께서 원하신다면,

지금 당장 떠나라는 명령을 내리셔도 좋습니다.

그러면 저는 즉시 복종하겠습니다."

왕은 아무런 대답도 하지 못했습니다.

어린 왕자는 잠시 망설이다가,

작별 인사를 건네고 뒤돌아섰습니다.

"잠깐!"

왕은 허둥지둥하며 소리쳤습니다.

"나는 그대를 짐의 대사로 임명하겠노라!"
그는 여전히 위엄 있는 척했지만,
그의 목소리에는 불안함이 묻어났습니다.
어린 왕자는 미소를 지으며 속삭였습니다.
'어른들은 정말 이해할 수 없어.'

11

두 번째 행성에는
허영심 많은 사람이 살고 있었습니다.
"아! 드디어! 나를 찬양해 줄 사람이 나타났군!"
허영심 많은 남자는
멀리서 다가오는 어린 왕자를 보자마자
환호성을 질렀습니다.
그에게는 다른 사람이 모두
자신을 찬양하는 사람으로 보이기 때문입니다.
"안녕하세요."
어린 왕자가 다가가며 인사했습니다.
"당신이 쓰고 있는 모자가 참 특이하네요."
"이건 인사를 할 때 쓰는 모자란다.
사람들이 나에게 갈채를 보낼 때
답례하기 위해서지.

그런데 불행하게도

이곳을 지나가는 사람이 아무도 없구나."

"그래요?"

어린 왕자는 그의 말을 이해하지 못했습니다.

허영심 많은 남자는

어린 왕자에게 손뼉을 치라고 지시했습니다.

어린 왕자가 손뼉을 치자,

허영심 많은 남자는

모자를 벗어 정중하게 인사했습니다.

'왕을 만났을 때보다 훨씬 재미있군.'

어린 왕자는 속으로 생각했습니다.

그리고 다시 손뼉을 치기 시작했습니다.

허영심 많은 남자는 다시 모자를 들어 경례했습니다.

5분이 흘렀습니다.

어린 왕자는 이 단순하고 반복적인 놀이에

지루함을 느끼기 시작했습니다.

"그 모자를 떨어뜨리려면 어떻게 해야 하나요?"

하지만 허영심 많은 남자는

어린 왕자의 말을 듣지 않았습니다.

허영심 많은 사람에겐 칭찬하는 말만 들리거든요.

"너는 정말 나를 많이 찬양하니?"

그는 어린 왕자에게 물었습니다.

"찬양한다는 게 무슨 뜻이죠?"

"찬양한다는 건

내가 이 별에서 가장 잘생기고, 가장 멋지게 입고,

가장 부자고, 가장 똑똑하다고 인정한다는 뜻이야."

"하지만 이 별에는 당신 혼자뿐이잖아요!"

"부탁이니 즐겁게 해줘. 아무튼 나를 찬양해 줘."

"당신을 찬양해요."

어린 왕자는 어깨를 약간 으쓱하며 말했습니다.

"하지만 그게 당신에게 무슨 의미가 있죠?"

그리고 어린 왕자는 떠났습니다.

'어른들은 정말 이상해.'

그는 혼잣말로 중얼거리며 여행을 계속했습니다.

12

다음 행성에는 술꾼이 쓸쓸히 앉아 있었습니다.
짧은 만남이었지만,
어린 왕자의 마음에 깊은 슬픔을 남겼죠.
빈 병과 술이 가득 찬 병들이
그의 앞에 나란히 놓여 있었습니다.
"거기서 뭘 하고 계세요?"
어린 왕자는 조심스럽게 물었습니다.
"술을 마시고 있어."
"왜 술을 마시나요?"
"잊기 위해서지."
"무엇을 잊으려고 하는 건가요?"
어린 왕자는
그의 고통을 조금이나마 이해하고 싶었습니다.
"내가 부끄럽다는 사실을……."

술꾼은 얼굴을 붉히며 작게 속삭였습니다.

"무엇이 부끄럽다는 거예요?"

어린 왕자는 그의 마음을 열어주고 싶었습니다.

"술을 마시는 것이 부끄럽지!"

술꾼은

더 이상 아무 말도 하지 않고 고개를 숙였습니다.

어린 왕자는

그의 행동을 이해할 수 없었습니다.

'어른들은 정말 정말 이상해.'

어린 왕자는 혼잣말을 하며 그 별을 떠났습니다.

13

네 번째 행성은 사업가가 소유한 별이었습니다.
사업가는 숫자에 파묻혀 정신없이 일하고 있어
어린 왕자를 맞이할 여유가 없었습니다.
"안녕하세요."
어린 왕자가 인사를 건넸지만,
사업가는 계속해서 숫자를 읊조렸습니다.
"셋 더하기 둘은 다섯.
다섯 더하기 일곱은 열둘……."
"안녕하세요."
어린 왕자가 다시 한번 인사하자,
사업가는 잠시 멈칫했습니다.
"담배가 꺼졌어요."
"열다섯 더하기 일곱은 스물둘.
스물둘 더하기 여섯은 스물여덟.

담배 다시 붙일 시간이 없어.

스물여섯 더하기 다섯은 서른하나.

후!

그러면

오억 백육십이만 이천칠백삼십일이 되는군."

"오억이요? 오억 무엇이오?"

어린 왕자는 사업가의 말에 의아해했습니다.

"응? 아직도 거기 있니? 오억 백만……
멈출 수가 없어. 할 일이 너무 많단 말이야!
나는 중요한 일에 신경을 쓰고 있어.
쓸데없는 일로 놀고 있을 시간이 없어.
둘 더하기 다섯은 일곱……."
"오억 백만 무엇이오?"
어린 왕자는 포기하지 않고 다시 물었습니다.
사업가는 잠시 생각하더니 고개를 들었습니다.
"나는 54년 동안 이 별에 살았지만,
방해를 받은 적은 세 번밖에 없었어.
첫 번째는 22년 전,
어디선가 미친 거위 같은 녀석이 떨어졌을 때야.
그 녀석이 정말 시끄럽게 굴어서
덧셈을 네 번이나 틀리고 말았지.
두 번째는 11년 전,
내가 류머티즘에 걸렸을 때였어.
운동 부족이지. 나는 빈둥거릴 시간이 없거든.
그리고 세 번째가…… 바로 지금이야!
그래서 내가 뭐라고 했더라? 아, 오억 백만……."
"백만 개의 무엇이오?"

사업가는

어린 왕자의 질문에 답하지 않으면

평화를 찾을 수 없다는 사실을 깨달았습니다.

"하늘에서 가끔 볼 수 있는 작은 것들 말이야."

"파리요?"

"아니 아니. 반짝이는 작은 것들."

"벌이요?"

"아니야.

게으른 사람들이 멍하니 꿈꾸게 만드는

작은 금빛 물체들이지.

나는 중요한 일에만 신경을 써.

내 인생엔 빈둥거릴 시간이 없거든."

"아! 별들을 말하는 거군요?"

"그래, 맞아. 별들이지."

"별 오억 개로 뭘 하려고요?"

"오억 백육십이만 이천칠백삼십일이다.

나는 중요한 일에 신경을 쓰기 때문에 정확해야 해."

"그 별들로 뭘 하냐고요?"

"내가 별들로 뭘 하냐고?"

"네."

"아무것도 안 해. 난 별들을 소유하고 있어."

"그냥 별들을 소유하고 있다고요?"

"그래."

"하지만 전에 만난 왕은……"

"왕들은 소유하는 게 아니라 통치하는 거지.
그건 완전히 다른 문제야."

"그럼, 별들을 소유하는 게 어떤 이득이 있나요?"

"나를 부자로 만들어 주지."

"부자가 되면 무슨 이득이 있나요?"

"새로운 별이 발견되면 더 잘 살 수 있지."

"이 사람은,
내가 만난 불쌍한 술꾼과 비슷하게 생각하는군……."
어린 왕자는 혼자 생각했습니다.

어린 왕자는 여전히 궁금한 것이 많았습니다.

"어떻게 별들을 소유할 수 있죠?"

"그럼 별들은 누구 거지?"
사업가는 짜증 섞인 목소리로 되물었습니다.

"모르겠어요. 아무도 아니겠죠."

"그러니까 내 거지.
내가 처음으로 별들을 소유하겠다고 생각했으니까."

"그게 다인가요? 그게 필요한 전부인가요?"
어린 왕자는 순수한 눈으로
사업가를 바라보았습니다.
"물론이지.
네가 주인이 없는 다이아몬드를 발견하면,
그건 네 거야.
주인이 없는 섬을 발견하면, 그건 네 거야.
누구보다 먼저 아이디어를 내면 특허를 내잖아.
그럼 그건 네 거지. 나도 마찬가지야.
내가 별을 소유하는 이유는
나보다 먼저 별을 소유하려고 생각한 사람이
없었기 때문이야."
"맞아요, 그건 사실이에요."
어린 왕자가 동의했습니다.
"그런데 그 별들로 뭘 하나요?"
"나는 별들을 관리해."
사업가가 자랑스럽게 말했습니다.
"나는 그들을 세고 또 세지. 그건 어려운 일이야.
하지만 난 원래
중요한 일에만 관심을 가지는 사람이니까."

어린 왕자는 여전히 이해할 수 없었습니다.

"내가 비단 목도리를 가지고 있다면,

그걸 목에 두르고 가져갈 수 있어요.

내가 꽃을 가지고 있다면,

그 꽃을 꺾어서 가져갈 수 있죠.

하지만 별들은 하늘에서 꺾을 수 없잖아요……."

"맞아.

하지만 난 별들을 은행에 넣을 수 있지."

"그게 무슨 뜻이에요?"

"그건

내가 내 별들의 숫자를 작은 종이에 적어서

서랍에 넣고, 열쇠로 잠근다는 뜻이야."

"그게 전부인가요?"

"그것만으로도 충분해."

사업가는 자신만만하게 대답했습니다.

"재미있군."

어린 왕자는 생각에 잠겼습니다.

"꽤 시적이야.

하지만 별로 중요한 일은 아니야."

중요한 일에 대한 어린 왕자의 생각은
어른들과는 전혀 달랐습니다.
"나는 꽃 한 송이를 가지고 있어요."
어린 왕자는 사업가와 대화를 이어갔습니다.
"매일 물을 주죠.
그리고 난 화산 세 개를 가지고 있는데,
매주 그것들을 청소해요.
멈춘 화산도 같이 청소하고요.
언제 다시 터질지 모르니까요.
내가 그들을 소유하는 건
내 화산에도, 내 꽃에도, 어떤 의미가 있어요.
하지만 당신은
별들에 아무런 의미도 주지 않잖아요……."
사업가는 할 말을 잃었습니다.
'어른들은 정말 이상해.'
그는 혼잣말을 하며 여행을 계속했습니다.

14

다섯 번째 행성은 아주 놀라웠습니다.
다른 행성과는 달리 너무나 작아서
가로등 하나와 그 불을 켜는 사람 하나가
겨우 들어설 만했습니다.
어린 왕자는 고개를 갸웃했습니다.
사람도 없고 집도 없는 별에서
가로등이 왜 필요할까?
하지만 곧 가로등 관리인의 묵묵한 노동 속에서
아름다움을 발견했습니다.
"가로등 관리자가 어리석을 수도 있지만,
왕이나 허영심 많은 사람, 사업가,
술꾼만큼 어리석지는 않아.
적어도 그는 의미 있는 일을 하고 있어.

그가 가로등을 켜는 일은
하나의 별이나 꽃에 생명을 불어넣는 일과 같고,
그가 가로등을 끄는 일은
꽃이나 별을 잠재우는 일인 거지.
그건 아름다운 일이야.
그래서 진정으로 유용한 거야."
별에 도착하자마자,
어린 왕자는 가로등 관리인에게
공손히 인사했습니다.
"안녕하세요. 왜 방금 가로등을 끄셨나요?"
"명령 때문입니다."
가로등 관리인은 피곤한 듯 대답했습니다.
"안녕하세요."
"무슨 명령인가요?"
"가로등을 끄라는 명령이에요. 잘 자요."
그러고는 다시 가로등을 켰습니다.
"그런데 왜 다시 가로등을 켜신 거예요?"
"명령 때문입니다."
가로등 관리인은 똑같은 말을 반복했습니다.
"무슨 말인지 이해가 안 돼요."

어린 왕자는 의아해했습니다.

"이해할 필요 없어요."

가로등 관리인은 짧게 대답했습니다.

"명령은 명령입니다. 안녕하세요."

그러고는 가로등을 끄고,

빨간 네모가 장식된 손수건으로

이마의 땀을 닦았습니다.

"저는 끔찍한 일을 하고 있어요.

옛날에는 합리적인 일이었죠.

아침에는 가로등을 끄고, 저녁에는 다시 켰어요.

낮 동안은 쉴 수 있었고, 밤에는 잘 수 있었죠."

"그럼, 그 이후로 명령이 바뀐 건가요?"

"명령은 바뀌지 않았어요."

가로등 관리인은 피곤한 목소리로 말했습니다.

"그게 바로 비극이죠!

해마다 행성의 자전 속도는 점점 빨라지는데,

명령은 그대로예요!"

"그럼 어떻게 되나요?"

어린 왕자는

그의 고된 노동에 안타까움을 느꼈습니다.

저는 끔찍한 일을 하고 있어요.

"지금은 이 행성이 1분마다 한 바퀴를 돕니다.
그래서 저는 더 이상 쉴 시간이 전혀 없어요.
1분마다 가로등을 켜고 꺼야 하거든요!"
"정말 이상하네요!
이 별에서는 하루가 1분밖에 안 되잖아요!"
"전혀 이상하지 않아요!"
가로등 관리인은 씁쓸하게 웃으며 말했습니다.
"우리가 대화를 나누는 동안
벌써 한 달이 지났어요."
"한 달이요?"
"그래요, 한 달입니다.
30분, 30일이 지난 거죠. 안녕하세요."
그리고 그는 다시 가로등을 켰습니다.
어린 왕자는 그를 바라보며,
이렇게 성실한 가로등 관리인이 안타까웠습니다.
그는 자신이 의자를 옮기기만 하면
석양을 볼 수 있었던 그 시절을 떠올리며,
친구를 도와주고 싶어졌습니다.
"아저씨가 원할 때
언제든 쉴 방법을 알려 드릴게요……."

"저는 언제나 쉬고 싶어요."

가로등 관리인은 지친 목소리로 대답했습니다.

"이 별은 너무 작아서

세 걸음이면 한 바퀴를 돌 수 있어요.

항상 햇빛 속에 있으려면 천천히 걷기만 하면 돼요.

쉬고 싶을 때 걸으면,

아저씨가 원하는 만큼 하루가 길어질 거예요."

"그건 나에게 별로 소용없습니다."

가로등 관리인은 고개를 저었습니다.

"내 인생에서 가장 원하는 것은 잠자는 거예요."

"안됐네요."

어린 왕자는

그의 소망을 들어줄 수 없어 아쉬웠습니다.

"네. 하지만 어쩔 수 없죠."

가로등 관리인은 다시 가로등을 끄고,

어둠 속으로 사라졌습니다.

"저 사람은……"

어린 왕자는 여행을 계속하며 생각했습니다.

"저 사람은 왕이나 허영심 많은 사람,

술꾼, 사업가들에게 비웃음을 당할 거야.

하지만 그는

그들 중 유일하게 어리석지 않은 사람처럼 보여.

아마도 그가

자기 자신보다 더 중요한 무언가를

생각하고 있기 때문일 거야."

어린 왕자는

아쉬운 듯 한숨을 쉬며 다시 생각했어요.

"내 친구가 될 수 있었을 텐데.

하지만 이 별은 너무 작아.

두 사람이 있을 공간이 없어……."

어린 왕자가 감히 고백하지 못한 사실은,

매일 1,440번의 석양을 볼 수 있는

축복받은 행성을 떠나는 것이

가장 아쉬웠다는 점이에요.

15

여섯 번째 행성은 이전 행성들을 압도하는
거대한 크기를 자랑했습니다.
그곳에는 두툼한 책에 몰두하고 있는
노신사 한 명이 살고 있었어요.
"아, 드디어 탐험가가 찾아왔군!"
노신사는
멀리서 다가오는 어린 왕자를 보며 감탄했습니다.
긴 여정에 지친 어린 왕자는
탁자에 털썩 주저앉아 숨을 고르며 헉헉거렸습니다.
"어디서 왔니?"
노신사가 물었습니다.
"저 책은 뭐예요?"
어린 왕자는 탁자 위에 놓인 거대한 책을 가리키며
호기심 가득한 눈으로 물었습니다.

"무슨 일을 하시는 거죠?"

"나는 지리학자란다."

노신사는 미소를 지으며 답했습니다.

"지리학자라니요? 그게 뭔가요?"

어린 왕자는 더욱 궁금해했습니다.

"지리학자는

바다, 강, 도시, 산, 사막처럼

세상의 모든 곳을 기록하고 연구하는 사람이지."

"와, 정말 멋진 일이네요!"

어린 왕자는 감탄했습니다.

"드디어 진짜 일을 하는 어른을 만났어요!"

어린 왕자는

지리학자의 별을 둘러보며 감탄을 금치 못했습니다.

지금까지 방문한 어떤 별보다도

웅장하고 위엄 있는 풍경이었습니다.

"이 별은 정말 아름답네요."

어린 왕자는 감탄하며 물었습니다.

"바다도 있나요?"

"글쎄, 그건 잘 모르겠구나."

지리학자는 조금 망설이며 대답했습니다.

"이런!"

어린 왕자는 실망했습니다.

"산은 있나요?"

"그것도 말해줄 수 없단다."

지리학자가 대답했습니다.

"그럼 도시나 강, 사막은요?"

"그것도 말해줄 수 없구나."

"왜요? 할아버지는 지리학자잖아요!"

"맞아."

지리학자가 말했습니다.

"하지만 나는 탐험가가 아니란다.

내 별에는 탐험가가 한 명도 없어.

지리학자는 도시, 강, 산, 바다, 대양,

사막을 찾아다니며 기록하지 않지.

지리학자는 너무 중요한 사람이라

돌아다니는 일을 하지 않는 거란다.

대신 지리학자는 서재에서 탐험가들을 맞이하지.

그들에게 질문을 하고,

그들이 여행 중에 기억하는 것들을 기록하는 거야.

그리고 그들의 기억 중에 흥미로운 부분이 있으면,

지리학자는

그 탐험가의 도덕적 성품을 조사한단다."

"왜요?"

"거짓말을 하는 탐험가는

지리학자의 책에 재앙을 불러올 수 있거든.

술을 너무 많이 마시는 탐험가도 마찬가지고."

"왜 그렇죠?"

어린 왕자가 물었습니다.

"술에 취한 사람들은 두 개로 본단다.
그러면 지리학자는, 산이 하나 있는 곳에
두 개의 산을 기록하게 되잖니."
"저는 그런 사람을 알고 있어요."
어린 왕자는 말했습니다.
"그 사람은 탐험가로는 적합하지 않을 거예요."
"그럴 수도 있지.
그리고 탐험가의 도덕적 성품이
훌륭하다고 증명되면,
탐험가가 발견한 것을 조사하게 된단다."
"그걸 직접 보러 가나요?"
"아니, 그건 너무 복잡하지.
대신 탐험가에게 증거를 가져오게 한단다.
예를 들어, 큰 산을 발견했다면,
그 산에서 큰 돌을 가져오라고 하는 거지."
지리학자는 점점 목소리를 높이며
열정적으로 설명했습니다.
"그런데 너, 아주 멀리서 왔잖아!
너는 탐험가나 다름없어!
네가 살던 행성에 대해 자세히 말해 줄래?"

지리학자는 눈을 반짝이며

호기심 가득한 목소리로 물었습니다.

그러고는 커다란 기록부를 펼치고

연필을 갈며 준비했습니다.

탐험가들의 이야기는

먼저 연필로 간략하게 기록되고,

탐험가가 증거를 제시하면

그때야 비로소 잉크로 정식 기록이 되죠.

"자, 어서! 네 이야기를 들려줘."

지리학자는 기대에 부풀어

어린 왕자를 재촉했습니다.

"어……

제가 사는 곳은 별로 특별한 것이 없는 곳이에요.

아주 작은 별이죠.

화산이 세 개 있는데,

두 개는 활발하게 활동하고 있고,

나머지 하나는 잠시 쉬고 있는 것 같아요.

언제 다시 폭발할지는 아무도 모르죠."

"그렇지, 자연의 일이니 누가 알겠니."

지리학자가 고개를 끄덕이며 대답했습니다.

"그리고 꽃 한 송이가 있어요."

"꽃은 기록하지 않는단다."

"왜요? 제 별에서 가장 아름다운 꽃인데요!"

"미안하구나. 우리는 꽃을 기록하지 않아.

꽃은 너무 빨리 시들어버리기 때문이지."

"시들어버린다니요? 무슨 뜻인가요?"

"지리학 책은

세상에서 가장 중요한 것들만 기록하는 책이란다.

지리학은 영원한 것들만 다루지.

산이 움직이거나 바다가 마르는 일은 거의 없잖아.

우리는 변하지 않는 것들만 기록하는 거야."

"하지만

휴화산은 언젠가 다시 폭발할 수도 있잖아요."

어린 왕자는 의문을 제기했습니다.

"시들어버린다는 게 무슨 뜻인가요?"

"화산이 활동하든 잠들어 있든,

우리에게는 똑같은 산일뿐이란다.

중요한 것은 산 자체지."

지리학자는

자신의 주장을 더욱 확실하게 말했습니다.

"그럼 '시들어버린다'는 건 무슨 뜻인가요?"
어린 왕자는 포기하지 않고 다시 물었습니다.
"시들어버린다는 것은
곧 사라질 수 있다는 뜻이란다."
"제 꽃도 곧 사라질 수 있다는 건가요?"
"그렇단다."
"내 꽃은 시들어버리는 존재구나……."
어린 왕자는 작은 목소리로 중얼거렸습니다.
"그런데 그 꽃은 고작 네 개의 가시만 가지고
세상과 맞서고 있는데……
내 별에 혼자 남겨두고 온 것이 마음에 걸려."
어린 왕자는
처음으로 후회라는 감정에 휩싸였습니다.
하지만 이내 용기를 내어 다시 물었습니다.
"그럼 이제 어떤 별로 가면 좋을까요?"
"지구라는 별이 좋을 것 같구나.
아주 유명한 별이지."
지리학자는 책을 덮으며 말했습니다.
어린 왕자는 자신의 소중한 꽃을 떠올리며
지구로 향하는 여정을 시작했습니다.

16

드디어 일곱 번째 행성,

바로 지구에 도착했습니다.

지구는 상상을 초월하는 곳이었어요!

무려 111명의 왕,

(그중에는 흑인 왕들도 있었답니다)

7,000명의 지리학자, 90만 명의 사업가,

750만 명의 술꾼, 그리고 무려 3억 1,100만 명의

허영심 많은 사람이 살고 있었으니까요.

다시 말해, 약 20억 명의 어른들이

이 작은 행성에 모여 살고 있었던 거죠.

지구의 규모를 짐작해 볼까요?

전기가 발명되기 전에는, 전 세계에

462,511명의 가로등 관리인이 있었다고 합니다.

상상이 되나요?

멀리서 바라본다면 정말 장관이었을 거예요.
정교한 발레 공연처럼,
전 세계의 가로등 관리인들이
밤마다 움직였을 테니까요.
먼저 뉴질랜드와 호주의 관리인들이 등장하여
가로등에 불을 밝히고 잠자리에 들었을 거예요.
그다음에는, 중국과 시베리아의 관리인들이
차례로 등장하여 밤하늘을 밝혔겠죠.
러시아와 인도, 아프리카, 유럽, 남아메리카……
전 세계의 관리인들이 오케스트라 연주처럼
완벽한 순서로 움직였을 겁니다.
정말 놀라운 광경이었을 거예요.
다만, 북극과 남극의 가로등 관리인만큼은
조금 달랐습니다.
이들은 1년에 딱 두 번,
밤낮이 바뀌는 짧은 기간만 일했으니까요.
나머지 기간에는
고요하고 평화로운 시간을 보냈겠죠.

17

재치 있게 말하려다 보면

거짓말을 하게 되는 경우가 있습니다.

내가 말한 가로등 관리인 이야기는

정직한 것만은 아니었습니다.

우리 행성에 대해 잘 모르는 사람들이

이 행성에 대해

틀린 생각을 갖게 될까 봐 걱정입니다.

사실,

인간이 지구에서 차지하는 공간은 정말 작답니다.

지구에 살고 있는 20억 명의 사람들이 모두

손을 맞잡고 옹기종기 모여 서 있다면,

가로, 세로 20마일 너비의 광장에

다 들어갈 수 있을 정도입니다.

태평양의 작은 섬 하나에

전 인류를 몰아넣을 수도 있죠.

하지만 어른들은 이런 사실을 잘 믿지 않을 겁니다.

자신들이 세상의 중심이라고 생각하니까요.

마치 바오밥나무처럼 크고 중요하다고 믿는 거죠.

어른들에게 직접 계산해 보라고 하면 좋아할 거예요.

숫자를 좋아하니까요.

하지만 너무 시간을 낭비하지 마세요.

그럴 필요는 없어요. 나를 믿죠?

드디어

지구에 도착한 어린 왕자는 주위를 둘러보았지만,

사람의 그림자조차 찾아볼 수 없었습니다.

불안감이 밀려왔습니다.

혹시 길을 잘못 들어선 건 아닐까? 망설이는 순간,

달빛처럼 은은하게 빛나는 뱀이

모래 위를 스르륵 미끄러져 지나갔습니다.

"안녕."

어린 왕자가 정중하게 인사했습니다.

"안녕."

뱀이 낮은 목소리로 대답했습니다.

"여기는 어디야?"

어린 왕자는 조심스럽게 물었습니다.

"여기는 지구, 그중에서도 아프리카 사막이야."

뱀이 느릿하게 말했습니다.

"사람은 없어?"

어린 왕자는 실망한 목소리로 되물었습니다.

"사막에는 사람이 살지 않아. 지구는 워낙 넓으니까."

뱀은 담담하게 말했습니다.

어린 왕자는

커다란 돌 위에 앉아 밤하늘을 올려다보았습니다.

반짝이는 별들을 보며 혼잣말처럼 중얼거렸습니다.

"별들이 저렇게 반짝이는 건,

우리가 언젠가

각자의 별로 돌아갈 수 있도록 하기 위한 걸까?"

"정말 아름다운 별이구나."

뱀이 그의 어깨에 살짝 기대며 말했습니다.

"무슨 일 때문에 이곳까지 오게 된 거니?"

"꽃 때문에…… 내 꽃 때문에……."

어린 왕자는 쓸쓸한 표정으로 말했습니다.

"아……."

뱀은 잠시 생각에 잠겼습니다.

둘은 한동안 아무 말 없이 밤하늘을 바라보았습니다.

"사람들은 도대체 어디에 있는 걸까?"

어린 왕자는

고독한 사막 한가운데서

혼잣말처럼 중얼거렸습니다.

"이렇게 외로운 곳은 처음이야."

"사람들이 많더라도 외로움을 느낄 수 있어."

뱀이 느릿하게 대답했습니다.

어린 왕자는

뱀을 한참 동안 가만히 바라보았습니다.

"넌 이상한 동물이구나.

손가락처럼 가늘고 길쭉한 것이……."

"하지만 나는 왕의 손가락보다 훨씬 강력해."

뱀은 자신감 넘치는 목소리로 말했습니다.

어린 왕자는 웃으며 고개를 저었습니다.

"그렇게 강해 보이진 않는데.

발도 없고, 멀리 여행도 못 할 것 같아."

"나는 배보다 훨씬 멀리 너를 데려다줄 수 있어."

뱀은 놀라운 사실을 털어놓듯 말했습니다.

넌 이상한 동물이구나. 손가락처럼 가늘고 길쭉한 것이……

그러고는 황금 팔찌처럼

어린 왕자의 발목을 감았습니다.

"내가 닿는 모든 생명은

다시 고향으로 돌아갈 수 있어.

특히 너처럼 순수하고 진실한 존재는 더욱 그렇지."

뱀은 어린 왕자의 눈을 바라보며 말했습니다.

어린 왕자는 아무 말 없이 뱀의 말을 경청했습니다.

"안타깝구나. 너처럼 연약한 아이가

딱딱하고 돌뿐인 지구에서 살아가려니 힘들겠지."

뱀은 낮은 목소리로 속삭였습니다.

"언젠가 네 고향 별이 너무 그리워진다면,

나를 불러주렴. 내가 도와줄 수 있어."

"알겠어."

어린 왕자는 뱀의 제안에 고개를 끄덕였습니다.

"근데 왜 항상 이렇게

수수께끼 같은 말만 하는 거야?"

"나는 모든 수수께끼를 풀 수 있어."

뱀은 비밀스러운 미소를 지으며 대답했습니다.

둘은 다시 밤하늘 아래 침묵을 지켰습니다.

18

끝없이 펼쳐진 황금빛 모래사막을 걸으며
어린 왕자는 마침내 한 송이의 꽃을 발견했습니다.
세 개의 꽃잎을 가진, 아주 평범한 꽃이었습니다.
"안녕."
어린 왕자가 정중하게 인사했습니다.
"안녕."

꽃은

잠시 고개를 숙였다가 다시 들며 대답했습니다.

"혹시 여기서 사람들을 본 적이 있어?"

어린 왕자는 조심스럽게 물었습니다.

꽃은 잠시 생각에 잠긴 듯하더니,

옛 기억을 떠올리듯 말했습니다.

"사람들?

예닐곱 명 정도였을 거야. 몇 년 전에 본 적이 있어.

하지만

어딜 가야 그들을 찾을 수 있는지는 모르겠어.

바람이 그들을 데려가 버리거든.

그들은 뿌리가 없어서 삶이 아주 힘들어."

"그렇구나. 잘 있어."

어린 왕자는

쓸쓸한 표정으로 작별 인사를 건넸습니다.

"잘 가."

꽃은 고개를 끄덕이며 대답했습니다.

19

"이렇게 높은 산에 오르면,
이 별 전체를 한눈에 보고
사람들도 모두 볼 수 있겠지."
어린 왕자는 설레는 마음으로
높은 산을 향해 발걸음을 옮겼습니다.
지금까지 올라본 산이라고는
무릎 높이의 작은 화산 세 개뿐이었지만,
이곳에서는 분명
세상 모든 것을 내려다볼 수 있을 것 같았습니다.
하지만 정상에 올라서자 눈앞에 펼쳐진 것은
끝없이 펼쳐진 바위 봉우리들뿐이었습니다.
고요하고 적막한 풍경 속에서
어린 왕자는 혼자 중얼거렸습니다.
"안녕."

"안녕…… 안녕…… 안녕…….”

메아리가 그의 목소리를 따라 울려 퍼졌습니다.

"너는 누구니?”

어린 왕자는

호기심 가득한 눈으로 주위를 둘러보았습니다.

"너는 누구니…… 너는 누구니…… 너는 누구니…….”

메아리가 그의 질문을 되물었습니다.

"내 친구가 되어 줘. 나는 너무 외로워.”

어린 왕자는 쓸쓸한 목소리로 말했습니다.

"나는 너무 외로워…… 외로워…… 외로워…….”

메아리가 그의 말을 반복했습니다.

어린 왕자는 고개를 갸웃하며 중얼거렸습니다.

"정말 이상한 별이군.

모든 것이 날카롭고 차갑기만 해.

그리고 사람들은

아무것도 생각하지 않고 들은 말만 반복해.

내 별에 있던 꽃은

항상 새로운 이야기를 해주었는데…….”

정말 이상한 별이군. 모든 것이 날카롭고 차갑기만 해.

20

끝없이 펼쳐진 사막을 헤매던 어린 왕자는
마침내 사람들이 사는 마을을 발견했습니다.
활짝 핀 장미들이 가득한 정원 앞에 서자
어린 왕자는 놀라움을 감추지 못했습니다.
"안녕."
어린 왕자가 조심스럽게 인사했습니다.
"안녕."
장미꽃들이 일제히 대답했습니다.
그런데 놀랍게도 이 꽃들은
어린 왕자의 별에 있던 그 장미와
똑같이 생겼습니다.
"너희들은 누구니?"
어린 왕자는 떨리는 목소리로 물었습니다.
"우리는 장미꽃이란다."

그들은 아무렇지 않게 대답했습니다.
"아, 그래?"
어린 왕자는 깊은 슬픔에 잠겼습니다.
자신의 꽃이 우주에서 단 하나뿐이라고
자랑스럽게 말했던 것이 떠올랐습니다.
하지만 현실은 달랐습니다.
이곳에는 똑같은 꽃이
수천 송이나 피어 있었습니다.
"내 꽃이 이걸 본다면 얼마나 실망할까?"
어린 왕자는 속으로 생각했습니다.

'아마도 심하게 아픈 척을 하거나,
사람들이 비웃지 못하게 죽은 척을 할지도 몰라.
그럼 나는
다시 꽃을 살려내기 위해 애써야 할 테고……
아니면 내 꽃이 정말로 시들어 버릴지도 몰라…….'
어린 왕자는 풀밭에 누워 울음을 터뜨렸습니다.
"나는 세상에서
가장 특별한 꽃을 가진 왕자라고 생각했는데,
사실 나는 흔한 장미 한 송이와
무릎 높이의 화산 세 개를 가진
평범한 사람이었구나.
나는 도대체 누구인가?"

어린 왕자는 풀밭에 누워 울음을 터뜨렸습니다.

21

황량한 사막을 걷던 어린 왕자는
뜻밖의 만남을 가졌습니다.
"안녕."
작은 목소리가 들려왔습니다.
"안녕."
어린 왕자가 고개를 두리번거렸지만
아무도 보이지 않았습니다.
"여기 사과나무 아래에 있어."
그제야 어린 왕자는
사과나무 아래 숨어 있던 여우를 발견했습니다.
"너는 누구니? 정말 예쁘구나."
어린 왕자가 감탄했습니다.
"나는 여우야."
여우는 긴 수염을 쓰다듬으며 말했습니다.

"나랑 놀아줘. 난 너무 외로워."

어린 왕자는 슬픈 표정을 지었습니다.

"나는 너와 놀 수 없어. 난 길들여지지 않았거든."

여우의 대답은 차가웠습니다.

오랫동안 누군가에게 상처받아

마음을 닫은 듯했습니다.

"아! 미안해!"

어린 왕자는 순간 당황했지만,

이내 궁금증을 참지 못했습니다.

"길들인다는 게 무슨 뜻이야?"

"넌 여기 살지 않는구나."

여우는 어린 왕자를 가만히 바라보며 말했습니다.

"무엇을 찾고 있니?"

"난 사람들을 찾고 있어."

어린 왕자는 솔직하게 답했습니다.

"길들인다는 게 무슨 뜻이야?"

그는 여전히

그 단어에 대한 해답을 찾고 있었습니다.

"사람들은 총을 가지고 있고 사냥을 해.

아주 성가신 일이야! 그들은 닭도 키우지.

그게 그들의 유일한 관심사야.

너도 닭을 찾고 있니?"

"아니."

어린 왕자는 고개를 저었습니다.

"나는 친구를 찾고 있어.

길들인다는 게 무슨 뜻이야?"

그의 목소리에는 간절함이 담겨 있었습니다.

"그건 사람들이 너무 가볍게 여기는 행동인데……."

여우는 진지한 표정으로 말했습니다.

"관계를 맺는다는 뜻이지."

"관계를 맺는다고?"

어린 왕자가 다시 물었습니다.

"그래.

지금 너는 나에게

수많은 다른 아이들과 다를 바 없는 존재일 뿐이야.

마찬가지로 나도 너에게

수많은 다른 여우들과 다를 바 없는 존재지.

하지만 네가 나를 길들이면,

우리는 서로에게 특별한 존재가 될 거야.

너는 내게 세상에서 가장 소중한 친구가 될 것이고,

나도 너에게 세상에서 유일한 여우가 될 거야."

"조금 알 것 같아."

어린 왕자는 고개를 끄덕이며 말했습니다.

"내 별에 꽃 한 송이가 있는데,

그 꽃이 나를 특별하게 만들었거든."

"그럴 수 있지."

여우는 미소를 지으며 대답했습니다.

"지구에서는 무슨 일이든 일어날 수 있어."

"지구가 아니라 다른 별 이야기야."

어린 왕자는 신비로운 표정으로 말했습니다.

여우는 놀란 듯 눈을 크게 떴습니다.

"다른 별에서 온 거야?
그럼, 그 별에는 사냥꾼이 있어?"
"아니."
"닭은? 닭은 있어?"
"아니."
여우는 한숨을 쉬며 말했습니다.
"내 삶은 너무 단조로워.
나는 닭을 사냥하고, 사람들은 나를 사냥하지.
모든 닭은 똑같고, 모든 사람도 다 똑같아.
그래서 조금 지루해.
하지만 네가 나를 길들인다면,
내 삶에 햇살이 비추는 것처럼 환해질 거야.
나는 다른 사람들의 발소리와는
다른 발소리를 알게 될 거야.
다른 사람들의 발소리를 들으면
나는 서둘러 땅속으로 도망칠 거야.
하지만 네 발소리는
음악처럼 나를 불러내게 될 거야.
그리고 봐봐, 저 멀리 밀밭이 보이지?

나는 빵을 먹지 않아서

밀밭은 나에게 아무런 쓸모가 없어.

하지만 네 머리카락은 금빛이잖아.

네가 나를 길들인다면,

얼마나 멋진 일이 일어날지 생각해 봐!

내가 금빛인 밀을 보면 너를 떠올리게 될 거야.

나는 밀밭에서

바람 소리를 듣는 걸 좋아하게 될 거야……."

여우는 오랫동안 어린 왕자를 바라보며

말을 이었습니다.

"제발…… 나를 길들여 줘!"

여우의 목소리가 간절했습니다.

어린 왕자는 마음이 흔들렸습니다.

"나도 너를 길들이고 싶어.

하지만 시간이 얼마 남지 않았어.

아직 찾아야 할 것들이 너무 많거든."

여우는 조용히 말했습니다.

"사람들은 길들인 것만 이해할 수 있어.

그들은 더 이상 무언가를 배우려 노력하지 않고,

모든 것을 쉽게 얻으려고 하지.

예를 들어, 네가 매일 오후 4시에 온다면,
나는 3시부터 기분이 좋아지기 시작할 거야.

하지만 우정은 아무리 찾아도 가게에서 팔지 않아.

그래서 사람들은 진정한 친구를 잃어버린 거야.

네가 친구를 원한다면, 나를 길들여 줘."

어린 왕자는 진지하게 물었습니다.

"널 길들이려면 어떻게 해야 하는데?"

여우는 따뜻한 눈빛으로

어린 왕자를 바라보며 말했습니다.

"인내심이 필요해.

처음에는 나와 조금 떨어져 앉아 있어.

그렇게…… 풀밭에.

나는 곁눈질로 너를 살짝 바라볼 거야.

그리고 너는 조용히 있어야 해.

말은 오해를 불러일으키기 쉽거든.

하지만 매일 조금씩 나에게 가까이 다가와 줘."

다음 날,

어린 왕자는 다시 여우를 찾아왔습니다.

"같은 시간에 왔으면 더 좋았을걸."

여우는 반가움을 감추지 못하며 말했습니다.

"예를 들어,

네가 매일 오후 4시에 온다면,

나는 3시부터 기분이 좋아지기 시작할 거야.
시간이 갈수록 설렘이 커지고, 4시가 되면
나는 너무 행복해서 어쩔 줄 몰라 할 거야.
하지만 아무 때나 온다면,
언제부터 너를 기다려야 할지 모르잖아.
그러니까 우리는 꼭 약속된 의식을 지켜야 해."
"의식이 뭐야?"
어린 왕자는 여우의 말이 신기했습니다.
"의식은 우리가 흔히 잊고 사는 소중한 거야."
여우는 진지하게 말했습니다.
"의식은,
매일을 특별하게 만들고,
특별한 순간을 더욱 의미 있게 만들어주지.
예를 들어,
사냥꾼들은 매주 목요일에
마을 여자들과 춤을 추는 의식이 있어.
그래서 나에게 목요일은 가장 즐거운 날이야.
포도밭까지 산책할 수 있으니까.

하지만 사냥꾼들이 아무 때나 춤을 춘다면,

매일이 똑같아지고

나는 휴식을 취할 시간이 없을 거야."

이렇게 어린 왕자는

인내심을 가지고 여우를 길들였습니다.

그리고 이별의 시간이 다가오자,

여우는 슬픈 표정으로 말했습니다.

"아! 눈물이 날 것 같아."

어린 왕자는 안타까운 마음에 말했습니다.

"네가 울게 될 줄 알았더라면,

너를 길들이지 않았을 텐데……."

여우는 고개를 저으며 말했습니다.

"아니야,

내가 나를 길들여 달라고 부탁했잖아.

후회하지 마."

어린 왕자는 여전히 섭섭한 표정으로 말했습니다.

"하지만 넌 울려고 하잖아!

그럼, 너에게 아무 의미가 없잖아!"

여우는 따뜻한 눈빛으로

어린 왕자를 바라보며 말했습니다.

"아니, 의미가 있었어.

덕분에 나는

세상을 더 아름답게 볼 수 있게 되었거든.

예를 들어,

밀밭의 색깔이 얼마나 아름다운지

이제 알게 되었어."

그리고 이어서 말했습니다.

"장미꽃들을 다시 한번 보러 가봐.

왜 네 장미가 너에게 그토록 소중한지

깨닫게 될 거야.

그리고 다시 나에게 작별 인사를 하러 와.

그때 너에게 특별한 비밀을 알려줄게."

어린 왕자는 여우와의 약속대로

장미꽃들을 다시 찾아갔습니다.

"너희는 내 장미와는 전혀 달라.

아직 너희는 아무것도 아니야.

아무도 너희를 특별하게 만들어주지 않았고,

너희 또한 스스로를 특별하게 만들지 않았지.

너희는 내가 처음 만났던 여우와 같았어.

그때의 여우는

다른 수많은 여우와 다를 바 없었지만,

내가 정성을 다해 친구가 되어주었기 때문에

나에게 특별한 존재가 되었어."

장미꽃들은

어린 왕자의 말에 깜짝 놀라 움츠러들었습니다.

"너희는 아름답지만, 그 이상의 의미는 없어.

너희를 위해 목숨을 바칠 사람은 아무도 없을 거야.

물론 지나가는 사람들은

너희가 내 장미와 똑같다고 생각할지도 모르지만,

내 장미는 너희와는 비교할 수 없을 만큼 소중해.

내가 정성껏 물을 주고,

유리 덮개로 보호해 주었으며,

바람으로부터 지켜주었기 때문이지.

심지어 해로운 애벌레까지 잡아주었거든.

물론 예쁜 나비가 되도록 두세 마리는 남겨두었지만.

그리고

내 장미가 투정을 부려도,

자랑하거나 아무 말 없이 가만히 있을 때도,

나는 항상 그녀의 이야기에 귀 기울였어.

왜냐하면

그녀는 나의 장미이기 때문이지."

그리고 어린 왕자는 여우를 다시 찾아갔습니다.

"안녕."

어린 왕자가 설레는 마음으로 말했습니다.

"안녕."

여우가 따뜻하게 맞이하며 미소 지었습니다.

"내가 너에게 약속했던 비밀을 알려줄게.

아주 간단하지만 중요한 비밀이야.

마음으로 봐야 제대로 볼 수 있어.

중요한 것은 눈에 보이지 않거든."

어린 왕자는 여우의 말을 되새기며

천천히 말했습니다.

"중요한 것은 눈에 보이지 않아……."

여우는 어린 왕자를 바라보며 고개를 끄덕였습니다.

"네가 네 장미에게 쏟은 시간과 정성이

네 장미를 세상에서 가장 특별한 존재로 만들었어."

어린 왕자는 감동한 듯 눈을 크게 떴습니다.

"내가 내 장미를 위해 보낸 시간……."

여우는 진지한 표정으로 말했습니다.

"사람들은 이 진리를 쉽게 잊어버리지.
하지만 너는 절대 잊으면 안 돼.
네가 길들인 것은 영원히 네 책임이야.
너는 네 장미에게 책임이 있어."
어린 왕자는 다시 한번 여우의 말을 되새기며
마음속 깊이 새겼습니다.
'나는 내 장미에게 책임이 있어······.'

22

"안녕하세요."
어린 왕자는 신기한 표정으로
철도 역무원에게 인사했습니다.
"안녕."
역무원은 잠시 일을 멈추고
어린 왕자를 바라보며 답했습니다.
"무슨 일이 있니?"
"어떤 일을 하시는 거예요?"
어린 왕자는 호기심 가득한 눈으로 물었습니다.
"나는 여행자들을 천 명씩 기차에 태워서,
어느 방향으로 갈지 정해주는 일을 한단다.
오른쪽으로 갈지, 왼쪽으로 갈지 말이야."
역무원은 어린아이에게 이야기하듯
천천히 설명했습니다.

그때,

밝게 불이 켜진 급행열차가 굉음을 내며

역무원의 조정실을 뒤흔들고 지나갔습니다.

어린 왕자는 놀라움을 감추지 못했습니다.

"아주 바빠 보이네요."

어린 왕자가 물었습니다.

"그들은 무엇을 찾고 있나요?"

역무원은 어깨를 으쓱하며 답했습니다.

"기관사도 모른단다."

이번에는 반대 방향에서 또 다른 급행열차가

천둥 같은 소리를 내며 빠르게 지나갔습니다.

어린 왕자는 여전히 궁금한 듯

역무원을 바라보았습니다.

"벌써 되돌아오는 거예요?"

어린 왕자는 아쉬운 듯 물었습니다.

"다른 사람들이란다."

역무원은 무심한 듯 답했습니다.

"자기가 있는 곳이 마음에 들지 않아서 그런가요?"

어린 왕자는 여전히 궁금했습니다.

"글쎄, 사람들은 누구나

자기가 있는 곳에 만족하지 못하는 법이지."

역무원은 어깨를 으쓱하며 말했습니다.

그때,

또 다른 급행열차가 요란한 소리를 내며

빠르게 지나갔습니다.

어린 왕자는 창밖을 바라보며 물었습니다.

"저들은 앞서간 사람들을 쫓아가는 건가요?"

"아니, 그들은 아무것도 쫓고 있지 않단다."

역무원은 담담하게 말했습니다.

"열차 안에서는 대부분 잠들거나,

혹시 깨어 있다면 하품이나 하고 있을 거야.

창밖을 유심히 바라보는 건 아이들뿐이지."

어린 왕자는 잠시 생각하더니 말했습니다.

"아이들은 자신이 무엇을 찾고 있는지 알고 있어요.

예를 들어, 헝겊 인형을 소중하게 여기고,

누가 그 인형을 빼앗아 가면 슬퍼하잖아요."

역무원은

어린 왕자의 말에 미소를 지으며 말했습니다.

"그렇지, 아이들은 참 행복하겠네."

23

"안녕하세요."
어린 왕자는 신기한 듯 상인에게 인사했습니다.
"안녕."
상인은 퉁명스럽게 대답하며 알약을 정리했습니다.
그는
갈증을 해소해 주는 특별한 알약을 팔고 있었는데,
이 알약을 일주일에 한 번만 먹으면
물을 마실 필요가 없다고 했습니다.
"그 알약을 왜 파는 거예요?"
어린 왕자는 호기심을 참지 못하고 물었습니다.
상인은 당연하다는 듯이 대답했습니다.
"시간을 절약할 수 있기 때문이지.
전문가들이 계산해 보니 이 알약 하나로
일주일에 53분이나 절약할 수 있다고 하더군."

어린 왕자는 고개를 갸웃하며 물었습니다.

"그럼,

그 절약한 53분으로는 뭘 할 수 있는 거예요?"

상인은 어깨를 으쓱하며 대답했습니다.

"뭐든 할 수 있지. 네가 원하는걸."

어린 왕자는

잠시 생각에 잠겼다가 조용히 중얼거렸습니다.

'내가 53분의 시간을 가진다면,

시원한 샘물이 솟아나는 곳으로

천천히 걸어가겠어.'

24

"벌써 여드레째야.
마지막 물 한 모금까지 다 마셔버렸어."
나는 허탈한 목소리로 어린 왕자에게 말했습니다.
"그 상인 아저씨 이야기, 정말 흥미롭더라.
하지만 현실은……
아직 비행기를 고치지 못했고, 마실 물도 없잖아.
신선한 물이 솟아나는 샘을 찾아
한가롭게 걸어 다닐 수 있다면 얼마나 좋을까."
"내 친구 여우가……."
어린 왕자는
여전히 여우에 대한 기억을 떠올리며 말했습니다.
"내 사랑스러운 꼬마야,
지금은 그런 사치스러운 이야기를 할 때가 아니야!"
나는 조급하게 말하며 그의 어깨를 흔들었습니다.

"왜냐하면, 난 지금 목이 타들어갈 것 같거든……."

"왜 그렇죠?"

어린 왕자는

여전히 순수한 눈으로 나를 바라보았습니다.

"친구가 있었다는 건 정말 좋은 일이에요.

비록 지금 죽는다고 해도 말이에요.

나는 여우를 친구로 두어서 정말 행복했어요……."

'이 아이는

얼마나 위급한 상황인지 전혀 모르는구나.'

나는 속으로 한숨을 쉬었습니다.

'배도 안 고프고 목도 마르지 않고,

햇볕만 조금 있으면 그만인가 봐…….'

하지만 어린 왕자는 내 생각을 읽은 듯,

나를 똑바로 바라보며 말했습니다.

"저도 목이 말라요. 우리 우물을 찾아봐요……."

나는 지친 몸을 이끌고 일어섰습니다.

광활한 사막에서 우물을 찾는다는 건

어리석은 짓이지만,

어린 왕자의 순수한 눈빛을 외면할 수 없었습니다.

결국 우리는

땡볕 아래, 끝없이 펼쳐진 모래 언덕을 향해

발걸음을 옮겼습니다.

몇 시간을 묵묵히 걸었을까.

어둠이 깔리며, 하늘에는 반짝이는 별들이

하나둘 모습을 드러냈습니다.

목마름에 시달리던 나는

몽롱한 정신으로 별들을 올려다보았습니다.

"물도 마음에 좋은 것일 수 있어요……."

어린 왕자의 말이 귓가에 맴돌았습니다.

무슨 말인지 도저히 알 수 없었지만,

더 이상 묻고 싶지 않았습니다.

"그러면 너도 목이 마른 거야?"

나는 조심스럽게 물었습니다.

하지만 그는 내 질문에 답하지 않고

그저 같은 말을 반복했습니다.

나는

그의 말속에 담긴 깊은 의미를 깨닫지 못한 채,

그저 그의 곁을 따라 걸었습니다.

지쳐버린 그는 모래 위에 주저앉았습니다.

나도 그의 곁에 나란히 앉아

밤하늘을 올려다보았습니다.

잠시 후,

어린 왕자가 조용히 입을 열었습니다.

"별이 아름다운 건,

보이지 않는 꽃 때문이에요."

그의 말에 나는 고개를 끄덕였습니다.

"그래, 맞아."

우리는 아무 말 없이,

펼쳐진 사막을 바라보았습니다.

"사막은 아름다워요."

어린 왕자의 목소리가 밤바람에 실려 왔습니다.

그의 말에 나는 동의했습니다.

"사막의 모래 언덕에 앉아 있으면,

세상의 모든 소리가 사라지고

오직 고요함만이 남지.

그 고요 속에서

무언가 반짝이며 숨 쉬고 있는 것 같아."

어린 왕자는

나의 말에 미소를 지으며 이어 말했습니다.

"사막을 아름답게 만드는 것은 바로 그거예요.

어딘가에 샘을 숨기고 있기 때문이죠."

그 순간 나는,

사막의 반짝이는 빛이

무엇을 의미하는지 깨달았습니다.

마치 오래된 기억의 조각들이 맞춰지는 듯했습니다.

어렸을 때 살던 집에 얽힌 전설이 생각났어요.

보물이 묻혀 있다는 전설 말이에요.

물론, 그 누구도 보물을 찾지는 못했지만,

그 전설은, 낡은 집에 신비로운 빛을 더했었죠.

내 집 깊숙한 곳에 비밀이 숨겨져 있는 것처럼요.

나는 어린 왕자를 바라보며 말했습니다.

"그래, 집이든 별이든 사막이든,

그걸 아름답게 만드는 건 눈에 보이지 않는 거야!"

어린 왕자는 나의 말에 기뻐하며 말했습니다.

"아저씨가 내 여우하고 같은 생각이어서 기뻐요."

잠든 어린 왕자를 조심스럽게 품에 안고

나는 발걸음을 옮겼습니다.

그의 작은 몸에서 느껴지는 따스함이

나를 감싸안았죠.

세상에서

가장 소중한 보물을 품고 있는 듯한 기분이었습니다.

달빛 아래,

그의 창백한 이마와 감긴 눈꺼풀,

그리고 살짝 흔들리는 금빛 머리카락이

유난히 아름다워 보였습니다.

'내가 지금 보고 있는 건 껍질일 뿐이야.

가장 중요한 것은 눈에 보이지 않아.'

나는 속으로 되뇌었습니다.

어린 왕자가 입술을 살짝 벌리고 미소 짓는 순간,

나는 그의 마음속에 피어 있는

장미꽃을 떠올렸습니다.

등불의 불꽃처럼 빛나는 그 장미는

너무나도 연약해 보였죠.

나는

그를 보호해야겠다는 강한 책임감을 느꼈습니다.

바람 한 줄기에도 꺼질 듯한 불꽃처럼.

그렇게 사막을 헤매던 끝에,

새벽녘, 나는 기적처럼 샘을 발견했습니다.

25

"사람들은……."

어린 왕자가 작은 목소리로 중얼거렸습니다.

"정신없이 기차를 타고 여기저기 떠나요.

마치 무언가를 찾는 것처럼.

하지만 자신이 무엇을 찾는지도 모르고 말이에요.

그저 정신없이 뛰어다니고, 흥분하고,

제자리만 뱅뱅 돌 뿐이죠."

그는 잠시 생각에 잠긴 듯

고개를 갸웃거렸습니다.

"그럴 필요가 없는데……."

우리가 도착한 우물은

사하라 사막 어디에서도 볼 수 없었던

특별한 곳이었습니다.

사막의 우물이라고 하면

깊게 파인 구멍 정도를 떠올리기 마련이지만,

이곳의 우물은

작은 마을 한가운데 있는 우물처럼

정갈하게 다듬어져 있었습니다.

꿈속에라도 온 듯한 착각이 들었죠.

주변에는 아무것도 없었는데,

이토록 아름다운 우물이 홀로 서 있었다니.

"이상하네."

내가 어린 왕자에게 말했습니다.

"모든 것이 사용할 준비가 되어 있어.

도르래, 양동이, 밧줄까지……."

그는 웃으며

밧줄을 만지고 도르래를 움직이기 시작했습니다.

도르래는

오랫동안 바람이 잊고 간 낡은 풍향계처럼

신음 소리를 냈습니다.

"들려요?"

어린 왕자가 신기한 듯 물었습니다.

"우리가 우물을 깨웠어요.

그리고 우물이 노래하고 있어요."

그는 웃으며 밧줄을 만지고 도르래를 움직이기 시작했습니다.

나는 그가 힘들어할까 봐 조심스럽게 말했습니다.

"내게 맡겨."

나는 말했습니다.

"너에겐 너무 무거워."

그리고 천천히 양동이를 끌어올렸습니다.

피곤함이 몰려왔지만, 성취감에 가슴이 벅찼습니다.

도르래의 낡은 노랫소리가 귓가에 맴돌고,

햇빛에 반짝이는 물결이 눈부셨습니다.

"이 물을 마시고 싶어요."

어린 왕자가 말했습니다.

"나에게 그 물을 좀 줘요……."

그 순간,

나는 그가 진정으로 갈망하던 것이 무엇인지

깨달았습니다.

나는 조심스럽게

양동이를 그의 입술 가까이 가져갔습니다.

눈을 감고 물을 마시는 그의 모습은

축제 날 맛있는 음식을 먹는 아이처럼

행복해 보였습니다.

이 물은

보통 먹는 물과는 다른 특별한 것이었습니다.

별빛 아래 함께 걸었던 시간, 도르래의 노랫소리,

그리고 내가 기울인 노력이 만들어 낸 달콤함은

크리스마스트리의 불빛처럼,

자정 미사의 음악처럼,

그리고,

사랑하는 사람들의 따뜻한 미소처럼

마음을 따뜻하게 해주었습니다.

"아저씨가 사는 별의 사람들은……."

어린 왕자가 작은 목소리로 중얼거렸습니다.

"하나의 정원에서 5,000송이의 장미를 키우지만,

그들은 그 속에서 자신이 찾는 것을 찾지 못해요."

"맞아, 그들은 찾지 못해."

내가 대답했습니다.

어린 왕자의 말에

왠지 모를 공허함이 느껴졌습니다.

"한 송이의 장미나 한 모금의 물에서

찾을 수 있을 텐데 말이죠."

어린 왕자는 순수한 눈빛으로 나를 바라보았습니다.

"그래, 맞아."

나는 고개를 끄덕였습니다.

어린 왕자의 말은

나에게 많은 생각을 하게 했습니다.

"하지만 눈으로 볼 수는 없어요.

마음으로 봐야 해요……."

어린 왕자의 말은

작은 울림을 주었습니다.

나는 물을 마시며 깊은숨을 들이쉬었습니다.

탁 트인 사막에 펼쳐진 꿀 빛 모래가

나를 편안하게 해주었습니다.

그런데 왜 이렇게 마음이 허전한 걸까요?

"아저씨, 약속을 지켜야 해요."

어린 왕자가 부드러운 목소리로 속삭였습니다.

다시 한번 내 옆에 자리를 잡으며

그는 나를 올려다보았습니다.

"무슨 약속?"

"알잖아요…… 내 양을 위한 입마개…….

나는 꽃을 책임져야 해요……."

그의 눈망울은 진지했습니다.

나는 주머니에서
내가 정성껏 그린 그림들을 꺼냈습니다.
어린 왕자는
그림들을 한 장씩 넘기며 신중하게 살펴보더니
이내 웃음을 터뜨렸습니다.
"아저씨가 그린 바오밥나무들은……
양배추 같아 보여요."
그의 말에 나는 얼굴이 붉어졌습니다.
내가 그토록 공들여 그린 바오밥나무들이
양배추라니!
"오!"
탄성과 함께 나는 고개를 숙였습니다.
"이 여우는…… 이 귀를 좀 봐요!
꼭 뿔 같지 않아요? 그리고 너무 길어요."
어린 왕자는
여우의 귀를 가리키며 크게 웃었습니다.
"얘야, 넌 정말 공평하지 못해."
나는 울먹이며 말했습니다.
"내가 그릴 줄 아는 건, 속이 보이는 보아뱀과
속이 보이지 않는 보아뱀뿐이라고!"

"괜찮아요."

그는 다정한 눈빛으로 나를 바라보며 말했습니다.

"아이들은 이해할 거예요."

그의 말에 조금 안심이 되었지만,

여전히 마음 한구석이 허전했습니다.

나는 연필로 대충 입마개를 스케치했습니다.

그림을 건네주며 그의 얼굴을 보니,

내 마음이 찢어지는 듯 아팠습니다.

"나에게 말하지 않은 계획이 있구나."

나는 그의 눈을 바라보며 조심스럽게 물었습니다.

하지만 그는 대답 대신 이렇게 말했습니다.

"알잖아요, 내가 지구에 떨어진 지……

내일이면 1년이에요."

그의 목소리가 떨렸습니다.

잠시 침묵이 흘렀습니다.

그리고 그는

얼굴을 붉히며 조심스럽게 말을 이었습니다.

"바로 이 근처로 내려왔어요."

그의 눈빛에는 그리움과 설렘이 뒤섞여 있었습니다.

다시 한번, 이유를 알 수 없었지만
나는 묘한 슬픔을 느꼈습니다.
그런데 한 가지 질문이 떠올랐습니다.
"그러면 일주일 전 내가 너를 처음 만났던 아침,
사람이 살지 않는 지역에서
천 마일이나 떨어진 곳을 너 혼자 걷고 있었던 건
우연이 아니었구나?
네가 착륙한 곳으로 돌아가던 중이었지?"
내 물음에 어린 왕자의 얼굴이 붉게 물들었습니다.
나는 조심스럽게 입을 열었습니다.
"1년이 되어서 그런 거지?"
그의 얼굴이 다시 붉어지자,
나는 그의 마음을 짐작했습니다.
"아."
나는 씁쓸하게 웃으며 말했습니다.
"나, 조금 무서워……."
하지만 어린 왕자는 내 말을 가로막았습니다.
"이제 아저씨는 일을 해야 하잖아요.
비행기 있는 데로 돌아가요.
나는 여기서 기다릴게요.

내일 저녁에 다시 와요······."

그의 말투는 평소와 다름없었지만,

눈에는 쓸쓸함이 가득했습니다.

나는 마음이 편치 않았습니다.

여우의 말이 떠올랐습니다.

'길들여지면,

누구든 눈물을 흘리게 될지도 모른다는 걸······.'

나는 어린 왕자와의 이별을 상상하며

가슴이 먹먹해졌습니다.

26

우물 옆에는 낡은 돌담의 폐허가 있었습니다.
내가 일을 마치고 돌아온 다음 날 저녁,
멀리서, 어린 왕자가 담 위에 앉아
발을 흔들고 있는 모습을 보았습니다.
그리고,
그가 속삭이는 듯한 목소리가 들려왔습니다.
"그럼, 기억이 나지 않겠네.
여기가 정확한 장소는 아니야."
잠시 후, 그는 다시 중얼거렸습니다.
"그래, 맞아! 오늘이 맞지만, 여기가 그곳은 아니야."
나는 담을 향해 조심스럽게 다가갔습니다.
하지만 아무도 보이지 않았고,
그의 목소리도 더 이상 들리지 않았습니다.

그러나 어둠 속에서

그의 목소리가 희미하게 들려오는 듯했습니다.

"……맞아.

내 발자국이 시작되는 곳을

모래에서 볼 수 있을 거야.

너는 그냥 나를 기다리면 돼.

나는 오늘 밤 그곳에 있을 거야."

나는

담에서 20미터 정도 떨어진 곳에 서서

주위를 둘러보았지만,

아무것도 보이지 않았습니다.

쓸쓸한 바람이 불어왔고,

어둠 속에서 그의 모습이 점점 흐릿해져 갔습니다.

잠시 침묵 후,

어린 왕자가 다시 말했습니다.

"좋은 독이 있는 거지?

너무 오래 고통스럽지 않게 할 수 있는 거지?"

나는 그 자리에 굳어 서서,

가슴이 미어지는 듯한 고통을 느꼈습니다.

도대체 무슨 일이 일어나고 있는 것일까?

담에서 내려가고 싶어.

"이제 가."

어린 왕자가 말했습니다.

"담에서 내려가고 싶어."

나는 고개를 떨군 채 담 밑을 바라보다가

깜짝 놀라 뛰어올랐습니다.

바로 내 앞, 어린 왕자의 발치에,

한 폭의 그림 속에서 튀어나온 듯한 노란 뱀이

꿈틀거리고 있었습니다.

나는 뒤로 물러서며

주머니에서 권총을 꺼내려고 했습니다.

하지만 내 움직임을 감지한 뱀은,

물처럼 유연하게

모래 위를 미끄러지듯 사라졌습니다.

가벼운 금속 소리가 들린 후,

뱀의 모습은 온데간데없이 사라졌습니다.

나는 어린 왕자를 팔에 안을 수 있을 만큼

가까이 다가갔습니다.

그의 얼굴은

달빛에 씻긴 눈처럼 창백했습니다.

"무슨 일이야?"

나는 그의 어깨를 감싸안으며

조심스럽게 물었습니다.

"왜 뱀과 이야기하고 있는 거야?"

나는

그가 늘 두르고 있던 황금빛 목도리를 풀어주고,

그의 관자놀이에 물을 적셔 주었으며,

그에게 물을 마시게 했습니다.

하지만 나는

더 이상 어린 왕자에게 질문할 수 없었습니다.

그는 매우 진지한 눈빛으로 나를 바라보며

내 목을 감싸안았습니다.

그의 심장은,

상처 입은 새처럼 빠르게 뛰고 있었습니다.

"아저씨가 고장 난 엔진을 해결해서 기뻐요."

그는 힘없이 미소 지으며 말했습니다.

"이제 집으로 돌아갈 수 있겠어요……."

그의 목소리에는 쓸쓸함이 가득했습니다.

"그걸 어떻게 알았어?"

나는 그에게

내 일이 예상보다 훨씬 잘 해결되었다고

알리려던 참이었습니다.

그는 내 질문에 답하지 않고 덧붙였습니다.

"나도 오늘 집으로 돌아가요……."

그의 목소리는 희미해져 갔습니다.

"훨씬 더 멀고…… 훨씬 더 어려운 길이에요……."

나는 뭔가 이상한 일이 일어나고 있음을

분명히 깨달았습니다.

나는 그를 어린아이처럼 꼭 껴안고 있었지만,

그는,

내가 막을 수 없는 심연으로

빠르게 빠져드는 것처럼 느껴졌습니다.

그의 눈빛은 심각했고

먼 곳에만 팔려있었습니다.

"난 아저씨가 그려준 양을 갖고 있어요.

그리고 양의 상자도, 입마개도……."

어린 왕자는 슬픈 미소를 지으며 말했습니다.

나는 오랫동안 기다렸습니다.

그의 숨소리가 조금씩 안정되는 것을 보며
마음이 진정되었습니다.
"애야."
나는 그의 손을 꼭 잡고 속삭였습니다.
"너, 두렵구나……."
그의 눈빛은 흔들리고 있었습니다.
그는 두려워하고 있었습니다.
하지만 그는 가볍게 웃으며 말했습니다.
"오늘 저녁에는 훨씬 더 무서울 거예요……."
다시 한번 나는
돌이킬 수 없는 일이 일어나고 있다는 느낌에
온몸이 얼어붙는 듯했습니다.
그리고 더 이상
그의 웃음소리를 들을 수 없다는 생각이 들자
견딜 수가 없었습니다.
나에게 어린 왕자의 웃음소리는,
사막의 신선한 샘물 같은 것이었습니다.
"애야."
나는 그의 손을 꼭 잡고 속삭였습니다.
"네가 다시 웃는 걸 듣고 싶어."

하지만 그의 눈빛은 깊은 슬픔으로 가득했습니다.

"오늘 밤이면, 1년이 되는 날이에요…….

내 별은 오늘 밤,

내가 1년 전에 지구에 온

바로 그 자리에 있을 거예요……."

그의 목소리에는 쓸쓸함이 묻어났습니다.

"얘야."

나는 그의 어깨를 감싸안으며

간절하게 말했습니다.

"이건 나쁜 꿈일 뿐이라고 말해줘……

뱀에 관한 일도, 그 만남의 장소도, 별도……."

하지만 그는 내 간절한 부탁에도 침묵했습니다.

대신 그는 의미심장한 말을 꺼냈습니다.

"중요한 것은 눈에 보이지 않아요……."

"그래, 알고 있어……."

"꽃도 마찬가지예요. 만약 아저씨가

어느 별에 있는 꽃 한 송이를 사랑한다면,

밤하늘만 바라봐도 달콤할 거예요.

모든 별이 꽃으로 가득 피어 있는 것처럼……."

"그래, 알고 있어……."

"물도 마찬가지예요.

도르래와 밧줄 덕분에,

아저씨가 나에게 준 물은 음악 같았어요.

기억나죠? 얼마나 좋았는지."

그는 그때의 행복했던 순간을 떠올리는 듯

미소 지었습니다.

"그래, 알고 있어……."

"아저씨는 밤이 되면 별을 쳐다볼 거예요.

내 별은 너무 작아서

어디 있는지 보여줄 수가 없어요.

하지만 오히려 그게 더 나을지도 몰라요.

내 별은 아저씨에게

여러 별 가운데 어느 한 별일 테니까……

그러면 어느 별을 바라봐도 다 좋을 거예요.

그 별들이 모두 아저씨의 친구가 될 거예요.

그리고 아저씨한테 선물을 하나 줄게요……."

그의 목소리는 점점 작아졌지만,

그의 눈빛은 더욱 빛났습니다.

그는 다시 웃었습니다.

"아! 애야

나는 네 웃음소리를 듣는 게 너무 좋아!"

"그게 내 선물이에요.

우리가 물을 마셨을 때처럼 될 거예요……."

"무슨 말이야?"

"모든 사람에게 별이 있어요."

그는 조용히 말했습니다.

"하지만 사람마다 별이 다르게 보이죠.

여행자들에게는 별이 길잡이가 되고,

어떤 사람들에게는

그저 하늘의 작은 빛에 불과해요.

학자들에게는 풀어야 할 문제고,

사업가에게는 재산이에요.

하지만 이 모든 별은 침묵하고 있어요.

아저씨 혼자만이

다른 누구도 갖지 못한 별들을 갖게 될 거예요……."

그의 말은 나의 가슴을 울렸습니다.

"무슨 말을 하려는 거야?"

"내가 그 별 중 하나에 살고 있을 거예요.

그 별 중 하나에서 내가 웃고 있을 거라고요.

그래서 아저씨가 밤하늘을 바라볼 때,

모든 별이 웃고 있는 것처럼 보일 거예요.

아저씨만이

웃을 수 있는 별들을 가지게 될 거예요!"

그의 웃음소리는

은은한 종소리처럼 울려 퍼졌습니다.

"그리고 아저씨 슬픔이 가라앉고 나면,

나를 알았다는 게

얼마나 행복한 일인지 깨닫게 될 거예요.

아저씨는 언제까지나 내 친구니까요.

함께 웃고 싶어 할 거예요.

그래서 가끔 창문을 활짝 열어젖히고

하늘을 향해 크게 웃을 거예요.

그럼 아저씨 친구들은

아저씨가 하늘을 향해 환하게 웃는 모습을 보고

깜짝 놀라겠죠.

그때 아저씨는 이렇게 말할 거예요.

'그래, 나는 별을 보면 늘 웃음이 나와!'

그러면 친구들은

아저씨가 좀 이상하다고 생각할지도 몰라요.

내가 아저씨에게

너무 심한 장난을 치는 건 아닌지 모르겠네요…….”

어린 왕자는

장난기 가득한 눈으로 나를 바라보았습니다.

“내가 아저씨에게

별 대신 웃을 줄 아는

작은 종들을 많이 준 것처럼 말이에요…….”

그는 다시 한번 환하게 웃었습니다.

그리고는

곧 진지한 표정으로 나를 바라보며 말했습니다.

“오늘 밤…… 알잖아요…… 오지 마세요.”

“난 널 떠나지 않을 거야.”

나는 그의 손을 꼭 잡고 진심을 담아 말했습니다.

“내가 고통스러워 보일 거예요.

내가 죽어가는 것처럼 보일지도 모르고요.

보러 오지 마세요. 그럴 필요 없어요…….”

그의 목소리에는 쓸쓸함이 묻어났습니다.

“난 널 떠나지 않을 거야.”

하지만 그는

여전히 걱정스러운 눈빛으로 나를 바라보았습니다.

"내가 말했잖아요…… 뱀 때문이기도 해요.

뱀이 아저씨를 물어선 안 돼요.

뱀은 나쁘거든요.

장난삼아 아저씨를 물 수도 있어요……."

"난 널 떠나지 않을 거야."

하지만 어떤 생각이 그를 안심시켰는지,

조금 안심한 표정으로 말을 이었습니다.

"하긴, 두 번째 물 때는 독이 없어졌을 테니까."

그날 밤 나는 그가 떠나는 걸 보지 못했습니다.

잠에서 깨어나 창밖을 내다보니

그는 이미 사라지고 없었습니다.

나는 서둘러

그의 발자취를 따라 사막을 헤맸습니다.

내가 그를 따라잡았을 때

그는 빠르고 결연한 발걸음으로 걷고 있었습니다.

"아! 아저씨구나……."

그는 돌아보며 나를 발견하고는

담담하게 말했습니다.

그리고는 내 손을 잡았습니다.

하지만 그의 눈빛에는 걱정이 가득했습니다.

"아저씨가 온 건 잘못한 거예요.
마음이 아플 테니까요.
내가 죽은 것처럼 보이겠지만
정말로 죽는 건 아니에요."
그의 목소리는 떨리고 있었습니다.
나는 아무 말도 할 수 없었습니다.
"아저씨도 알잖아요…… 너무 멀어요.
이 몸을 가지고 갈 수는 없어요. 너무 무겁거든요."
그는 잠시 멈춰 서서 하늘을 올려다보았습니다.

"그러나 그건,

오래되고 버려진 껍데기 같은 거예요.

오래된 껍데기가 슬플 건 없잖아요."

나는 여전히 아무 말도 하지 못했습니다.

그는 약간 낙담한 듯 보였습니다.

하지만 이내 그는 다시 힘을 내어 말했습니다.

"아저씨도 알잖아요, 그건 아주 멋질 거예요.

나도 별들을 볼 거예요.

모든 별들이,

녹슨 도르래가 있는 우물이 될 거고,

모든 별들이,

신선한 물을 나에게 부어줄 거예요……."

나는 아무 말도 하지 못하고

그의 말에 귀를 기울였습니다.

"그건 아주 재미있을 거예요!

아저씬 5억 개의 작은 종을 갖게 되고,

난 5억 개의 신선한 샘물을 갖게 될 거예요……."

그의 목소리는 점점 작아졌습니다.

그리고 그는 더 이상 말을 이어가지 못했습니다.

왜냐하면 그의 눈가에는

투명한 눈물이 맺혀 있었기 때문이죠.

"여기까지예요. 이제 나 혼자 갈게요."

그는 힘없이 말하며 땅에 주저앉았습니다.

그러고는 다시 한번 나를 바라보며 말했습니다.

"알잖아요…… 내 꽃이요…… 나는 책임이 있어요.

그런데 그 꽃은 너무 약해요! 너무 순진해요!

세상을 향해 자기 자신을 지키기엔

쓸모없는 가시 네 개밖에 없어요……."

나도 더 이상 서 있을 수 없어

그의 옆에 털썩 주저앉았습니다.

"이제…… 끝이에요……."

그의 목소리는 희미해졌습니다.

어린 왕자는 여전히 망설이는 듯 잠시 멈칫하더니,

마침내 일어섰습니다.

그는 한 걸음, 한 걸음씩 사막을 향해 걸어갔습니다.

나는 그의 뒤를 따라갈 수 없었습니다.

그의 발목 근처에서,

섬광 같은 노란빛이 번쩍였습니다.

순간,

세상이 정지한 듯 고요해졌습니다.

그는 잠시 움직임 없이 서 있더니,

바람에 나부끼는 나뭇잎처럼

조용히 모래 위로 쓰러졌습니다.

모래바람 한 점 없는 사막에서

아무 소리도 들리지 않았습니다.

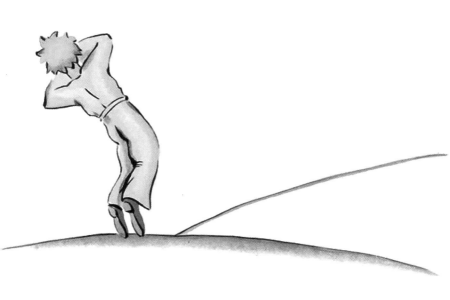

바람에 나부끼는 나뭇잎처럼 조용히 모래 위로 쓰러졌습니다.

27

그리고 이제 6년이 지났습니다.
나는 이 이야기를
한 번도 다른 사람에게 털어놓은 적이 없습니다.
사막에서 돌아왔을 때,
친구들은 내가 살아있다는 사실만으로도 기뻐하며
나를 맞이했습니다.
하지만 그들은,
내 마음속 깊은 곳에 자리 잡은 슬픔을
알 수 없었습니다.
나는 그저
"피곤해……."
라는 말로 모든 감정을 눌러 담았습니다.
이제 시간이 흘러 내 마음의 상처는
조금씩 아물어가고 있습니다.

하지만 여전히 그의 부재는 크게 느껴집니다.

그럼에도 불구하고,

나는 어린 왕자가

자신의 별로 무사히 돌아갔다는 사실을

믿고 있습니다.

해가 뜰 무렵,

그의 작은 몸을 찾을 수 없었기 때문입니다.

그렇게 가벼운 몸이

사막의 모래 속으로 사라질 리는 없으니까요.

매일 밤 나는 하늘을 올려다보며 별들을 바라봅니다.

그들은 5억 개의 작은 종처럼

아름다운 음악을 연주하는 듯합니다.

그때마다 나는 어린 왕자의 웃음소리를 떠올리며

위로를 받습니다.

하지만 궁금한 일이 하나 있습니다.

내가 어린 왕자를 위해 그린 양의 입마개에

가죽끈을 그리는 걸 깜박했거든요.

그는 그 입마개를 양에게 채워줄 수 없었을 겁니다.

그래서 나는 계속 궁금해집니다.

'어린 왕자의 별에서는 무슨 일이 벌어지고 있을까?

아마도 양이 꽃을 먹어버렸을지도 몰라요…….'
어떤 때는 이렇게 생각합니다.
'그럴 리가 없어!
어린 왕자는 매일 밤 꽃을 유리 덮개 속에 넣고,
양을 아주 조심스럽게 돌봐줄 거야…….'
그러면 나는 행복해집니다.
모든 별의 웃음소리에서 달콤함이 느껴집니다.
하지만 또 어떤 때는 이렇게 생각합니다.
'누구든 한 번쯤은 정신을 놓는 순간이 있지,
그게 문제야!
어느 날 저녁,
그가 유리 덮개를 잊어버렸을 수도 있고,
양이 아무 소리도 내지 않고
밤에 밖으로 나갔을지도 몰라…….'
그러면 작은 종들은 눈물로 변합니다.
여기에 커다란 미스터리가 있습니다.
어린 왕자를 사랑하는 당신이나 나에게나
우리가 본 적 없는 양이
어디에선가 장미를 먹었는지 안 먹었는지에 따라
이 세상의 모든 것이 달라져 보이기 때문이에요.

하늘을 올려다보세요.

그리고 스스로에게 물어보세요.

"양이 그 꽃을 먹었을까, 먹지 않았을까?"

그러면 세상의 모든 것이

어떻게 달라지는지 알게 될 거예요.

어른들은 결코,

이것이 얼마나 중요한 문제인지

이해하지 못할 거예요!

이곳은 내게

세상에서 가장 아름답고 슬픈 풍경입니다.

앞 페이지의 그림과 같은 풍경이지만,

여러분 기억에 좀 더 생생하게 남도록

다시 그렸습니다.

이곳은,

어린 왕자가 지구에 처음 발을 디뎠고,

마지막 순간까지 함께했던 곳입니다.

이곳을 주의 깊게 보세요.

언젠가 아프리카 사막을 여행하게 된다면,

이 장소를 알아볼 수 있도록 말입니다.

만약 이곳을 발견하게 된다면,

서두르지 말고

별 바로 아래에서 잠시 기다려 주세요.

운이 좋다면

금발 머리에 웃음기 가득한 작은 소년을

만날 수 있을지도 모릅니다.

그가 바로 어린 왕자입니다.

만약 그를 만나게 된다면,

나에게 위로의 말을 전해 주세요.

그가 무사히 돌아왔다고 소식을 보내주세요.

새로운 독서를 위한 낭독 에디션 01

서혜정의 낭독, 어린 왕자

발행일 2024년 12월 25일 초판 1쇄

지은이 앙투안 드 생텍쥐페리
편저자 서혜정낭독연구소
펴낸이 유윤선
교정교열 박지영
디자인 김정희

펴낸곳 낭독서재
출판등록 2022년 8월 24일 제 2022-000165호
주소 서울 마포구 양화로 81 5층 532호
전화 070-4800-5004
전자우편 operation@audiopub.kr
ISBN 979-11-7055-302-1 03800